Amis, chers amis

Du même auteur

L'Amour en vogue
Calmann-Lévy, 1959

La Vie oh là là
Grasset, 1966

Les Critiques littéraires
Flammarion, 1968

Le Football en vert
Hachette-Gamma, 1980

Le Métier de lire, réponses à Pierre Nora
Gallimard 1990, Folio 2001

Remontrance à la ménagère de moins de cinquante ans
Plon, 1998

Les Dictées de Bernard Pivot
Albin Michel, 2002, Le Livre de poche, 2004

100 Mots à sauver
Albin Michel, 2004, Le Livre de poche, 2006

Dictionnaire amoureux du vin
Plon, 2006, Pocket, 2015

100 Expressions à sauver
Albin Michel, 2008, Le Livre de poche, 2010

Les Mots de ma vie
Albin Michel, 2011, Le Livre de poche, 2013

Oui, mais quelle est la question ?
NiL, 2012, Pocket, 2013

Les tweets sont des chats
Albin Michel, 2013, Le Livre de poche, 2015

Au secours ! Les mots m'ont mangé
Allary Éditions, 2016, Points, 2017

La mémoire n'en fait qu'à sa tête
Albin Michel, 2017, J'ai lu, 2018

...mais la vie continue
Albin Michel, 2021

Bernard Pivot

Amis, chers amis

ALLARY ÉDITIONS
5, RUE D'HAUTEVILLE, PARIS Xᵉ

À la mémoire de

Jean Sénard
Jean Hamelin
Guy Frély
Jorge Semprun
Robert Sabatier
Gérard Faye
Raymond Lévy
Jean-Claude Lattès

À Pierre Boncenne

1

Dans l'amitié, il n'y a pas de promesses.

Dans l'amitié, il n'y a pas d'engagement.

Dans l'amitié, il n'y a pas de serments.

L'amitié est un sentiment muet, même s'il unit deux bavards.

Dans l'amitié, il n'y a pas de contrat ni de cérémonie laïque ou religieuse pour l'officialiser.

L'amitié, c'est de la main à la main. Sans même un « tope là ! ». Juste une première poignée de main. On ne sait pas si d'autres suivront.

Dans l'amitié, il n'y a pas de protocole ni de règles. Elle se construit dans le désordre des jours et des sentiments. Au début, elle est un peu brouillonne, un peu masquée. Elle avance sans s'annoncer. Elle est mélangée à de la sympathie ou à de l'admiration. Elle demande du temps.

Cependant, le coup de foudre de l'amitié, ça arrive. Mais c'est une foudre moins éclatante, moins spectaculaire que la foudre de l'amour. Avec celle-ci, les témoins voient un embrasement : avec celle-là, ils ne voient que les lumières appariées d'un soir.

L'amitié s'installe d'abord dans le regard et la conversation. Elle établit des contacts, puis noue des relations, enfin crée des connivences. Elle démarre à la curiosité, elle fonctionne à l'attention. Elle se renforce en cheminant. L'amitié se constitue patiemment comme une nappe phréatique.

Un jour, on découvre qu'on a un nouvel ami et qu'on y tient. C'est une information accueillie avec calme. On n'est pas excité, survolté, insupportable comme dans l'affichage d'un nouvel amant ou d'une amoureuse tombée du ciel. L'introduction de ce bonus dans l'existence se déroule tranquillement.

L'amitié n'emménage pas. Elle respecte les distances. Elle n'entame pas l'autonomie ni la liberté des nouveaux amis. Elle ne mélange pas leurs emplois du temps, leurs nuits et leurs petites cuillères. Ni obligations de charges ni contraintes par corps. L'amitié est légère comme une brise de jardin.

L'amitié est sans impatience. Elle ne connaît pas les attentes fiévreuses des amants, leurs répondeurs pleins d'appels tourmentés. Elle est sûre de son agenda. Serait-elle sans rendez-vous, sereine, elle est confiante dans l'avenir.

Dans l'amitié on ne se déshabille pas. On reste couverts. La nudité est hors champ. Hormis les mains serrées, les tapes dans le dos et, depuis quelques années, les embrassades entre hommes, les corps ne se touchent pas. Dans l'amitié, les sexes sont des organes inutiles. Il peut y avoir, surtout dans la jeunesse, une attirance inconsciente, une inclination du corps, un désir caché. Aller au-delà casserait les codes de l'amitié au bénéfice d'une grammaire plus complexe et plus risquée.

L'amitié, c'est le cœur sans le corps.

Après cinquante-sept ans d'amitié, l'un est entré

pour la première fois dans la chambre de l'autre. Parce qu'il était étendu sur son lit de mort.

Aucun papier officiel ne vient sceller une amitié. Ni livret, ni certificat, ni carte. L'amitié est une activité très répandue sur laquelle l'État n'appose pas ses tampons. Il n'y prélève pas de taxes.

Il n'y a pas non plus de pensions de réversion.

Quoi de plus libre que l'amitié ?

2

« Si on me presse de dire pourquoi je l'aimais, je sens que cela ne peut s'exprimer qu'en répondant : "Parce que c'était lui, parce que c'était moi." » Personne n'a mieux dit que Montaigne les raisons d'une amitié. Il n'y en a pas. Il n'y a pas d'explication. Parce que c'était La Boétie, parce que c'était Montaigne. Tout simplement, de toute évidence. Si ce n'était Montaigne, on ajouterait : tout bêtement.

Peut-être un échange de phéromones a-t-il eu lieu lors de la rencontre de deux nouveaux amis ? L'un et l'autre, à leur insu, ont capté un signal chimique qui a été reçu avec délectation quelque part dans le cortex cérébral. C'était comme une première empreinte, une trace inaugurale, les puces magiques d'un circuit intégré de sentiments en formation.

Il y a des lieux et des heures qui favorisent les rencontres, qui leur confèrent charme ou piment. À table, le soir, chez un amphitryon qui sait nourrir ses invités et la conversation. À la machine à café de la société ou de l'atelier. Sur le trottoir pour fumer une clope. Dans un avion ou en boîte. Comme l'amour, l'amitié frappe ou se glisse où elle veut, quand elle veut. Elle est imprévisible.

Leur amitié a commencé dans un verger où, petites filles, elles volaient des cerises.

Ils sont devenus amis dans une chambre d'hôpital à deux lits.

Ces deux amis se rappellent très bien quand et où ils ont fait connaissance : le 12 juillet 1998, au bar du café des Pêcheurs où ils fêtaient la victoire de l'équipe de France sur le Brésil, en finale de la Coupe du monde de football.

Ce qui a scellé leur amitié, c'est leur découverte qu'ils avaient eu la même femme et qu'elle les avait l'un et l'autre virés de son existence.

Lui et elle se sont connus grâce à un site de rencontres. Ils ne s'aimaient pas assez pour unir leurs destinées, mais ils s'étaient assez entichés l'un de l'autre pour ne pas rompre. Ils ont imposé leur amitié à leurs nouveaux conjoints découverts sur le même site.

Elles sont devenues amies entre deux étages, dans un ascenseur en panne.

Une amitié commence par des élans : de curiosité, de sympathie, voire d'admiration. Si ces élans sont vifs et synchrones, l'affaire sera rondement menée. Mais, le plus souvent, la curiosité et la sympathie sont plus fortes chez l'un que chez l'autre. Ce décalage initial explique le retard à l'allumage, façon de dire que l'un des deux a été plus long à être séduit.

Ce qui caractérise l'amitié en train de naître, c'est la quiétude, le bien-être, la confiance, le plaisir. L'un ou l'une à côté ou en face de l'autre, on se sent bien. Très bien. On se sent plus fort parce que l'amitié nous donne de l'énergie. On se sent plus utile parce que l'amitié invite à l'entraide. On se sent plus important puisque l'amitié nous procure un auditeur attentif dont nous apprécions la conversation comme il semble apprécier la nôtre.

Ensuite, c'est la confrontation des professions, des opinions, des idées, des sentiments, des goûts, des divertissements. «Moi aussi…» «Je suis comme vous…» «Je pense la même chose…» «J'ai vécu la même expérience…» «Ça m'est arrivé également…» Les deux vies exposent leurs ressemblances. Que de hasards heureux, de chagrins équivalents, de réactions similaires, de lectures identiques ! Les deux caractères s'interpénètrent et se réjouissent de découvrir chez l'autre des traits semblables et des opinions partagées. À se demander, tant ils se ressemblent, ou se complètent, pourquoi le destin a tardé à les réunir.

Cependant, les débuts d'une amitié sont parfois chaotiques. La conversation est si hachée et rugueuse qu'on n'imagine pas que ces deux-là deviendront les meilleurs amis du monde. Ils sont dans le défi ou la concurrence et ils ne veulent rien lâcher. Alain-Fournier et Jacques Rivière, futur directeur de *La Nouvelle Revue française*, qui deviendront intimes et même beaux-frères, se sont rencontrés en khâgne au lycée Lakanal de Sceaux. «Notre amitié ne fut pas immédiate, a écrit Jacques Rivière, ni ne se noua sans péripéties ; nos différences de caractère se firent jour avant nos ressemblances. »

Il arrive même que tout démarre dans le conflit, l'opposition des intérêts ou des ego. Ils devraient être à jamais des antagonistes, des revanchards. Et voilà que la vie non seulement les a réconciliés, mais les a aimantés l'un à l'autre.

Ainsi, Jean d'Ormesson, écrivain le plus souvent invité à *Apostrophes*, devenu un ami lorsque j'eus pris ma retraite de la télévision, alors que, jeune journaliste, blessé, de colère, j'avais claqué sa porte de directeur du *Figaro*.

Ainsi, Régis Debray, qui avait fait de moi, du temps où il était conseiller diplomatique de François Mitterrand, un méchant dictateur de la République des lettres, et dont j'ai apprécié, plus tard, à l'académie Goncourt, l'attention, l'estime, l'humour, bref l'élégante amitié.

Mais il arrive aussi que l'amitié commence par un cadeau tombé du ciel. Ainsi ce coup de fil, en 1990, de Pierre Nora, pour me proposer un bilan de mon émission *Apostrophes* sous la forme d'un long entretien pour sa revue *Le Débat.* A-t-on déjà vu un historien de sa renommée interviewer un journaliste sur son métier ? Et le faire si bien qu'un livre en est issu (*Le Métier de lire,* Folio, Gallimard). Je suis doublement fier, du livre bien sûr, et plus encore, depuis, de la vigilante amitié de Pierre Nora.

Reste que les affinités et correspondances forment le socle de l'amitié. Mais ce qui la fera vivre et prospérer, ce qui la rendra nécessaire, ce sont les altérités où la curiosité de chacun trouvera à s'informer, à apprendre, à se distraire. L'amitié pousse les murs, élargit la perspective, allonge le bras, les pas et le temps. Elle se nourrit d'échanges qui vont de la dernière blague qu'on raconte à l'appel au secours lancé du trou de la dépression. L'amitié est dans le va-et-vient, dans les allers et retours, dans l'affectueuse navette des choses de la vie.

3

La profession, le métier, le travail sont de gros producteurs d'amitié. Hé, collègue, comment vas-tu ? L'usine, le chantier, le bureau, le commerce sont beaucoup plus que des aires de rencontres : des lieux de cohabitation, de vie sociale, de souffrances ou de joies partagées. Bosser ensemble, au même endroit, parfois ça insupporte, souvent ça unit. Nombreux sont les femmes et les hommes qui aiment se retrouver, chaque jour, à la cantine ou à la cafétéria, et demain ce sera chez l'un ou chez l'autre pour dîner. Camarades, confrères, collègues forment une population unie par le travail en commun. La diversité des caractères y est aussi grande qu'ailleurs. Il faut savoir choisir ses amis. C'est par amitié que certains entrent dans un syndicat, dans le club sportif ou dans l'orchestre de l'entreprise.

Le télétravail enferme chez soi. Bien des salariés ne supportent plus, à la longue, de n'avoir de relations avec leurs chefs ou leurs collègues que par le truchement d'un écran. Ils souffrent de ne plus voir et entendre en vrai. Ils dépriment de ne plus être regardés et écoutés sans filtre. Il est difficile et vite insupportable de devoir limiter ses contacts humains à soi-même et à ses proches. Le télétravail nuit gravement à la sympathie, à la connivence, à la cordialité, voire à l'amitié entre hommes et femmes au boulot.

Ce qui empêche l'amitié, c'est le niveau social. Le directeur n'est le copain du coursier, du magasinier ou du veilleur de nuit que dans les comédies américaines. Avec la secrétaire, le PDG est l'amant ou rien. Avec le jeune cadre, la présidente est la maîtresse ou rien. L'amitié se développe dans les strates sociales : les employés avec les employés, les ouvriers avec les ouvriers, les cadres avec les cadres, les patrons avec les patrons.

Oui, c'est vrai, il y a des amitiés qui renversent les barrières, mais elles sont rares et suspectes : l'ambition de l'un n'est-elle pas encouragée par le besoin de révérences et de flatteries de l'autre ?

L'amitié par calcul professionnel n'est pas de l'amitié, mais du marketing.

Dans les sports, l'amitié prospère. Surtout dans les sports d'équipe. On s'entraîne ensemble, on joue ensemble, on perd ensemble, on gagne ensemble. On refait le match ensemble. Les défaites renforcent l'amitié, les victoires l'euphorisent. La troisième mi-temps va du sandwich-bières au Café des Sports au dîner chic dans un palace ou un souper canaille dans une boîte. Que ce soit chez les scolaires, les juniors, les amateurs, les professionnels, hommes ou femmes, on ne peut pas avoir des relations d'amitié avec tous ses coéquipiers. Au fil des matchs se nouent des préférences. Parfois, ça se voit sur le terrain. On passe plus souvent le ballon à un pote.

Gérard Faye jouait arrière, Jean-Claude Jacquemet ailier. Celui-ci deviendra industriel, celui-là vétérinaire. Nous étions dans le même pensionnat, dans les mêmes classes, surtout dans les mêmes équipes de football. Nous sommes restés des amis indéfectibles. Je crois que nous étions plus sensibles que d'autres à la dramaturgie des matchs, aux promesses de victoires pour plus tard, à la liberté de jouer, de courir, de taper dans le ballon, de s'éclater, alors que nos jeunesses allaient de contrainte en interdit. Nous privilégiions les gestes techniques à la force athlétique (surtout Jean-Claude et moi qui n'étions pas grands). Nous faisions des terrains de football les champs de manœuvres de nos vies, nous essayant à la stratégie, nous frottant à l'opposition, nous endurcissant dans la combativité. Ce qui nous a rapprochés dans le football et les stades nous a ensuite unis dans l'existence. La maturité a confirmé nos ardeurs de l'adolescence.

La pêche et la chasse fabriquent beaucoup d'amis. Canne à pêche ou fusil dans les mains, on se réunit, chaque année, aux mêmes périodes, pour des parties dont on évoquera encore dans vingt ans les fabuleux tableaux. La rivalité des gibecières n'empêche pas l'amitié. Celle-ci est plus forte et massive chez les chasseurs que chez les pêcheurs, plus solitaires, ne formant jamais des troupes, des bataillons comme les virils champions de la détente. Ils sont assez nombreux et organisés pour se constituer en groupes de pression politique. Leurs syndicats et amicales savent montrer les dents et les biceps, et obtenir des pouvoirs publics de scandaleuses dérogations à la législation européenne de la chasse.

Je n'ai jamais supporté la vision d'une bécasse foudroyée en plein vol et pas davantage d'un lapin ou d'un chevreuil stoppé dans sa course. Mais j'ai été pêcheur, et c'est absurde, j'en conviens, d'être resté insensible aux poissons qui gigotent dans l'herbe pour lutter contre l'asphyxie. Heureusement, carpes, truites, brochets et perches sont de plus en plus souvent remis à l'eau, alors que le gibier ne doit son salut qu'à la maladresse des chasseurs. L'halieutique avance plus vite que la cynégétique dans le respect de la vie animale.

Mon seul ami d'enfance – nous avons six jours de différence –, futur pâtissier, Paul Geoffray est pêcheur et chasseur. Du bord ou en barque, nous avons souvent jeté notre fil dans la Saône. Le jour se levait, la rivière était calme, un oiseau chantait, nous étions fiers d'être les pêcheurs les plus matinaux. Le bonheur était au bout de la canne. Mais les poissons ne s'associaient pas toujours à notre griserie poétique. Quand le regret qu'ils nous boudent était surmonté, nous savourions le privilège d'être ensemble tandis que l'eau et le temps coulaient dans une sorte de lenteur cossarde. Dix mètres plus à gauche ou vingt à droite nous procureraient-ils davantage de sensations ? Le flair de Paul était de beaucoup supérieur au mien, sa science des profondeurs également. Bientôt viendrait l'heure du casse-croûte : saucisson, fromage de chèvre, beaujolais. Si je cassais non plus la croûte, mais ma ligne, Paul la réparait pendant que je continuais de pêcher avec la sienne. Une double preuve d'amitié. Je lui ai souvent manifesté la mienne en écoutant sans broncher le récit de ses dernières parties de chasse au lièvre ou à la bécasse.

L'amitié qui commence par des prêts ou des échanges de livres ira loin. Les impressions de lectures installent vite un dialogue dont on perçoit la rareté, puis une connivence fondée sur la part de subjectivité confiée à l'autre. L'amitié par le livre n'est pas donnée à tout le monde. Plus elle procure un sentiment de valorisation, plus elle est précieuse à ses tenants, plus elle s'assure une longue vie.

« On se fait une toile demain soir ? » Bien des couples aiment aller ensemble au cinéma. Le film a l'avantage sur le livre de proposer une vision groupée. On rit ensemble, on frémit ensemble, émotions et impressions sont simultanées. On en débattra après au bar ou autour d'une table. On refait le film comme on refait le match. On est rarement d'accord, mais, à moins de conceptions radicalement opposées du septième art – dans ce cas, les sorties cinéma ne dureront pas –, les conversations après la projection ajouteront au plaisir d'avoir vu le film avec des amis.

La culture noue bien d'autres amitiés, notamment musicales. Chanteurs et groupes suscitent l'ardeur enthousiaste des foules. Les bandes d'amis y sont innombrables. Le restent-ils avec l'évolution des goûts et des modes ? L'amitié chez les abonnés de la Philharmonie paraît moins soumise aux caprices du marché, Bach, Mozart, Schubert ou Rachmaninov, joués par Pierre, Paul ou Jacqueline, restant des valeurs éternelles.

4

Un ami ? Un véritable ami ? Difficile d'en donner une définition précise. Le mot a été galvaudé. On l'utilise par facilité ou intérêt. Vous apprenez qu'Untel se dit votre ami alors que, ne supportant pas ses manières cauteleuses, vous le fuyez. Il vous revient aux oreilles qu'un homme avec qui vous avez bu un café pour le remercier de vous avoir invité à un vernissage a inscrit votre nom sur sa liste d'amis personnels dont les identités lui servent de garants pour solliciter des personnes méfiantes ou distantes. Vous-même, rappelez-vous, n'avez-vous pas dit d'un écrivain avec qui vous avez échangé un courriel et deux textos : « C'est un ami ! »

Les amis ne sont souvent que de simples connaissances. Des personnes avec qui nous avons passé par hasard une journée restée sans lendemain, qu'un épisode de la vie professionnelle ou sociale a mis sur notre route pour des conversations utiles ou fertiles, mais qui n'ont pas eu de suite. Ce sont aussi des gens avec qui nous avons voyagé, que nous avons fréquentés pendant quelque temps, qui nous ont peut-être reçus chez eux, mais c'était il y a longtemps et, interrogés sur eux, nous avouons les avoir « perdus de vue ». Par facilité de langage, nous les rangeons parmi nos amis alors que ce ne sont que des relations du passé, d'anciennes connaissances. Nous avons parfois oublié leurs noms.

La correspondance de Jean d'Ormesson (*Des Messages portés par les nuages*) a pour sous-titre « Lettres à des amis ». Il y figure ses nombreux amis, bien sûr, mais aussi des personnages qui n'étaient que ses confrères de la vie intellectuelle ou des femmes et des hommes de la vie mondaine. Il y a même un correspondant pour qui il ne nourrissait que de l'antipathie. Tout le monde cependant est rangé parmi les amis de d'Ormesson. C'est commode. Mais, attrape-tout, le mot « ami » s'en trouve dénaturé et dévalué.

« Chacun se dit ami ; mais fou qui s'y repose ;
Rien n'est plus commun que ce nom,
Rien n'est plus rare que la chose. »

La Fontaine

Un pote est-il un ami ? Oui, bien sûr, un vieux pote étant l'équivalent d'un vieil ami. Pote est l'abréviation de poteau, qui désignait autrefois un ami fidèle sur lequel on pouvait s'appuyer. Populaire, sympathique, plutôt employé par les jeunes, pote est un mot à la mode. « Je sors avec mes potes… », entendez par là « je sors avec mes camarades » ou avec mes copains plus qu'avec mes amis. Il y a de la condescendance dans « c'est mon petit pote ! ». « Touche pas à mon pote » est un slogan antiraciste qui englobe large, jusqu'aux potes de nos potes. Enfin, on remarquera que pote pourrait être employé au féminin, mais que toutes les potes en laissent le monopole aux garçons.

Un copain est aussi un ami. Un copain d'enfance, un copain de fac. Prisonnier de guerre, mon père réunissait une fois par an ses « copains de captivité ». « Les Copains d'abord », chantait Georges Brassens. *Les Copains* de Jules Romains : pour provoquer d'hilarants scandales dans les villes auvergnates d'Ambert et d'Issoire, il fallait que Broudier, Bénin et Lesueur fussent copains comme cochons.

Mais le mot copain s'éloigne parfois de la vraie amitié quand il désigne des relations éphémères comme autrefois les copains de régiment, aujourd'hui les copains de comptoir ou les copines de jogging. On se connaît bien, on s'apprécie, on a fait ou on continue de faire les mêmes choses ensemble, mais ce ne sont que copains ou copines de circonstance. Le temps y mettra bon ordre.

Enfin, copain est un terme carrément péjoratif lorsqu'il est associé aux coquins. Ceux-ci font profiter leurs « petits copains » de juteuses combines. Certains sont de vrais amis, mais, le plus souvent, c'est la position sociale et stratégique de chacun et l'appétit du gain qui les ont réunis.

Copains et copines désignent aussi des hommes et des femmes qui ont dépassé de beaucoup le stade de l'amitié : ils et elles couchent ensemble. Il n'est pas rare que dans un couple de jeunes l'un dise c'est ma copine et l'autre c'est mon copain. On observe malheureusement la même déviance avec ami et amie chez des personnes plus âgées. Pour un couple non marié mais établi depuis longtemps, on parlera plutôt de compagne et compagnon. Mais, si le couple est récent, ou s'ils ne vivent pas ensemble, on se gardera bien de dire qu'ils sont amants, mot magnifique mais qui fait peur. Eux-mêmes se présentent en employant les mots ami et amie. Parlant d'eux, leurs amis disent « c'est son amie » ou « c'est son petit ami ». Dans un Ehpad, une octogénaire, l'œil vif, le verbe sûr, désignait récemment sa dernière conquête sous la charmante appellation « mon petit ami ». Le vieil homme en était tout émoustillé.

Comment expliquer que l'amour ait eu besoin de voler à l'amitié ses deux mots les plus représentatifs ? Pourquoi les amis ne se sont-ils pas ligués pour exiger des amoureux qu'ils abandonnent ce détournement de vocabulaire ? Voilà la première embrouille entre l'amour et l'amitié. Il y en aura d'autres.

Camarade est un mot qui respire la solidarité dans les luttes ouvrières. Les camarades de la CGT. Le poing levé des camarades socialistes et communistes. Celles et ceux qui, au péril de leur vie, s'étaient engagés dans la Résistance étaient des camarades. C'est un mot très fort que l'histoire a ennobli.

Dans sa dimension patriotique et tragique, camarade est à l'évidence un mot plus exaltant que le gentil ami.

Mais il a lui aussi subi une édulcoration. Il s'est assoupli, policé, embourgeoisé. Les camarades de promotion, les camarades du Club des Cent. Dans la course aux diplômes ou dans la gestion des affaires, les camarades deviennent des concurrents. Dans des vies d'épicuriens, les camarades sont des compagnons de table ou des complices de la nuit. On se situe loin des fraternités revendicatives.

Les amis sont toujours des camarades, mais les camarades ne sont pas toujours des amis.

Alors, *quid* de l'ami, l'ami vrai, authentique, sûr, incontestable ? Les maximalistes et les humoristes répondent : « C'est celle ou celui que vous appelez au milieu de la nuit pour vous aider à transporter un cadavre et qui le fait sans vous poser aucune question. »

Plus sérieusement, et simplement, on reconnaît le véritable ami à ce qu'il vous passe un coup de fil pour vous dire : si tu as envie de boire une bière ou un café, pense à moi, je suis là.

5

Je demandai à une nièce des nouvelles de sa grande amie V. Elle n'en avait pas, m'avouant qu'elles ne se voyaient plus, ni ne se téléphonaient. Le temps avait eu raison de leur amitié. À qui la faute ? «À toutes les deux, probablement, m'a-t-elle répondu. On promet de s'appeler. On ne le fait pas. C'est elle qui aurait dû... C'était peut-être moi... L'amitié, c'est comme l'amour : loin des yeux, loin du cœur.»

Il est des amitiés qu'on croit taillées dans une solide étoffe et qui peluchent avec les années. Aucun conflit, aucune jalousie ne les a brutalement séparées. Les liens se sont simplement distendus, l'affection et l'attention se sont émoussées, la curiosité s'est évanouie.

L'amitié a faim. Il faut la nourrir. D'appels téléphoniques, de textos, de confidences, de rendez-vous, de jolies surprises, d'anniversaires, de petits cadeaux, de sorties au resto ou en boîte, de gestes chaleureux, de mots agréables. Il faut lui donner du temps. Jamais rien d'officiel. Toujours dans une communication un peu anarchique, dans le va-et-vient des envies de se parler ou de se voir.

« Celui qui n'est plus ton ami ne l'a jamais été », a décrété Shakespeare. Cela n'est vrai que dans le cas de trahisons. Celui qui a eu un comportement indigne vis-à-vis d'un ami prouve qu'il ne méritait pas son amitié. Leur camaraderie était fondée sur la duplicité ou la lâcheté de l'un. La vérité est apparue au grand jour et les voilà séparés, le plus malheureux étant le dupé.

J'ai connu cette déception, cette blessure, au *Figaro littéraire* où un aîné, charmeur et délicieux camarade, a commenté avec aigreur une promotion dont j'étais l'heureux bénéficiaire et qui ne lui retirait rien. N'étant plus mon ami, en effet, dans ma mémoire il ne l'a jamais été.

Il est vrai que ne montrer aucune jalousie à l'annonce du succès d'un ami, s'en réjouir sincèrement et le féliciter dans une euphorie semblable à celle dans laquelle nous serions si nous étions bénéficiaires de la même faveur du destin, est l'un des barreaux les plus hauts sur l'échelle de l'amitié.

L'amitié se perd aussi par manque de compassion. L'un ou l'une accumule les déboires physiques, sentimentaux ou professionnels, se laisse aller au découragement, crie à l'injustice, multiplie les plaintes contre des boucs émissaires qui vont du voisin trop bruyant à Dieu trop silencieux. La fréquentation d'une personne aussi sombre devient pénible. Au début, on était attentif, solidaire, rassurant, plein de commisération. Mais les malheurs ont persisté, avec eux les lamentations. On craint d'être contaminé par cette malchance et la sinistrose qui l'accompagne. On se détache peu à peu de l'ami que nous craignons de suivre dans le gouffre dont nous n'avons pas su l'écarter. Et comme il voit bien que notre amitié est de moins en moins active et secourable, cela ajoute à son pessimisme foncier et fortifie un peu plus le lamento justement responsable de l'éloignement de ses amis.

Le vrai grand ami est celui qui surmonte cette épreuve, quelle qu'en soit la durée, et qui ne désespère pas de retrouver celui qu'il aimait tel qu'il était.

Par crainte superstitieuse d'une contagion de la malchance, Marie-Laure de Noailles ne voulut plus qu'on lui parle de son ami, le journaliste littéraire

Jacques Brenner, quand elle apprit qu'il avait perdu la même semaine sa mère et son emploi.

Du jour où Karl Lagerfeld a été convaincu que son ami, l'avocat, écrivain et collectionneur Pierre Hebey, ne recouvrerait jamais la santé et s'enfoncerait dans son infirmité mentale, il a cessé de le voir et de lui parler. Ainsi, chez certains, la maladie est-elle incompatible avec la pratique de l'amitié. Quand celle-ci n'est plus échange d'égal à égal et s'embarrasse de compassion, on tombe dans les convenances ennuyeuses, alors autant y mettre fin. Un seul et unique mérite : une franchise assumée. Mais la fidélité, quoi qu'il en coûte, a quand même plus de classe.

L'amitié pâtit aussi du roman amoureux. Il n'est pas certain que la personne épousée, pacsée ou intimement adoubée ratifie tous les choix amicaux de l'autre. Dans le nouveau couple, chacun arrive avec ses amis. On ne va pas les empiler. Il y aura de la casse. Celles et ceux qui auront la chance de plaire à l'élu(e) deviendront des amis du couple, les autres se retrouvant en partance ou relégués dans une amitié fugitive.

Avec la séparation, surtout si elle est conflictuelle, les amis rejoignent leur camp d'origine. C'est plus compliqué pour celles et ceux, souvent des couples, qui sont devenus des amis des séparés pendant leurs années heureuses. Avec qui rester ami ? L'intolérance est si grande qu'il faut choisir, la préférence donnée à l'un signifiant la rupture avec l'autre. Certains ne sont guère embarrassés : c'est parce qu'ils adoraient l'époux ou l'épouse, le compagnon ou sa compagne, qu'ils supportaient l'autre. Le divorce les a réjouis.

Le vieux pote qui a survécu aux trois mariages de son copain, à ses longues liaisons, et a souvent servi d'alibi à des week-ends clandestins, porte le surnom de Spoutnik.

6

Il est fréquent que des amis partent ensemble en vacances. Voyages groupés, partage locatif d'une villa ou d'un chalet, investissement communautaire dans un bateau, croisières de concert, etc.

Il est plus rare que de solides amitiés se forgent pendant les vacances. On aime d'une année sur l'autre se retrouver dans le même village, le même hôtel ou le même camping, mais, entre-temps, on ne se voit pas ou très peu. Comme si l'amitié née à l'époque de l'oisiveté, du repos, des jeux de mer ou des escapades en montagne, du laisser-aller vestimentaire, des virées nocturnes, des attelages copains-copains, n'était pas d'assez bonne qualité pour être prolongée quand la vie redevient sérieuse et formatée. Il y a dans les amitiés de vacances un fond d'insouciance. Les liens ne paraissent pas très sûrs.

Ils le sont beaucoup plus entre enfants. Tous les

jours, ils ont joué ensemble, se sont baignés, ont fait des escalades, ils se sont disputés, battus, réconciliés, lancé des défis, ils ont fait des bêtises, du vélo, des farces, constaté des préférences, des sentiments pour celle-ci ou celui-là, et ils aimeraient retrouver à la rentrée un peu de ce bonheur estival. C'est sur l'insistance des enfants à se revoir que, parfois, les parents acceptent de reprendre des relations de vacances.

Les temps de peur créent-ils de l'amitié ? Lors de la pandémie causée par le coronavirus, on a vu les familles se resserrer – plus sentimentalement que physiquement –, les amis se montrer plus présents au téléphone, les voisins se concerter et s'épancher. L'entraide s'installait chaque jour un peu plus. Au nom de la solidarité, des citoyens réalisaient des choses admirables, développaient des qualités d'altruisme, de courage, d'ingéniosité. Dans les tragédies, les metteurs en scène portent à la lumière une généreuse attention.

Ce n'est pas pour autant que l'amitié a fleuri au cours de la lutte contre la Covid-19. De l'admiration, oui, de la reconnaissance, bien sûr, du respect, certes, une sorte de solidarité contre la peur, pour la vie et la survie. Mais c'était aussi un temps qui ne diffusait plus de gaieté ni d'optimisme. Or l'amitié en a besoin, surtout à ses débuts.

L'amitié oblige à la solidarité, mais la solidarité n'exige pas l'amitié.

Durant la Seconde Guerre mondiale, que ce soit chez les collabos ou les maquisards, l'amitié a beaucoup enrôlé. C'était par conviction qu'on s'engageait dans un camp ou dans un autre, mais aussi, parfois, par imitation d'un aîné ou forte sympathie avec un proche convaincu, déjà exalté.

Beaucoup d'amis de la Résistance ne se sont pas retrouvés après la Libération parce que l'un ou l'autre était mort, quand ce n'était pas tout un groupe de clandestins unis par le patriotisme, la bravoure et la fraternité qui avait été exécuté.

Pour Simone Veil et Marceline Rozenberg, deux amies revenues miraculeusement d'Auschwitz et qui resteront intimes toute leur vie, combien d'autres amitiés réduites en cendres dans les camps de concentration nazis ? Évadés du dernier train pour Auschwitz, Michel Chrestien, universitaire balzacien, et Raymond Lévy, alors communiste, étaient restés très proches après la guerre en dépit de leurs conceptions différentes de l'histoire. Les idéologies s'effacent devant le crime et la mort vaincus ensemble.

Enfant, pendant la guerre, j'ai observé que les grandes personnes partageaient leurs angoisses, mais ne se livraient pas à des effusions proportionnelles aux périls de l'heure. La peur du lendemain envoyait plus d'hommes à la messe ; de vieux ennemis républicains se saluaient sur la place du village ; les femmes échangeaient des nouvelles de leurs maris prisonniers ; on s'aidait aux travaux des champs et des vignes ; on ne gardait pas toujours pour soi la totalité d'une grosse motte de beurre ou d'un lapin nourri trop lentement à l'herbe folle des chemins. Il y avait de l'entraide, du dévouement, une exaltation commune à mesure que l'Allemagne reculait. Mais je n'ai pas gardé le souvenir de puissantes et indéfectibles amitiés nées durant ces années d'épreuves. L'explication en était-elle, là aussi, dans le manque d'optimisme, de gaieté, de confiance dans l'avenir ? Autant d'éléments indispensables au démarrage d'une forte relation chez des gens ordinaires, à une époque qui ne l'était pas.

C'est pourtant pendant la guerre que mon amitié avec Paul s'est forgée. Preuve une nouvelle fois que chez les enfants les sentiments sont moins tributaires des conditions extérieures que chez les adultes. On aime jouer ensemble ou pas. Les calculs, c'est à l'école, pas dans la vie.

7

Le 8 mai 1943, soit deux ans exactement avant la capitulation de l'Allemagne, Elsa Triolet, intriguée par le succès et la notoriété du jeune Albert Camus, lui écrit. Il lui répond. Et c'est ainsi que la militante communiste, épouse d'Aragon, engagée dans la Résistance, entame une correspondance avec l'auteur du *Mythe de Sisyphe* et de *L'Étranger* dont les idées philosophiques et politiques sont très éloignées des siennes.

Dans la première lettre, elle lui donne du « Cher Monsieur et ami ». Lui, dans sa réponse, carrément, « Chère amie ». Bientôt, elle terminera ses missives par « Affectueusement », lui, cette fois plus en retrait, se contentant de « Bien fidèlement à vous deux ».

Publiées pour la première fois dans *La Nouvelle Revue française* (janvier 2020), leurs lettres sont intéressantes. Elles racontent leurs difficultés à se nourrir, à se loger, à acheter des livres. Ils échangent sur la littérature, l'écriture, leur conception du monde. Occupation oblige, ils prennent des précautions, usant de pseudonymes.

Comme ils voient bien l'une et l'autre qu'apparaissent entre eux des difficultés à se comprendre, à s'abandonner à une confiance réciproque, ils en viennent à évoquer l'amitié.

Camus à Triolet : « Si vous me connaissiez mieux (mais cela a-t-il du sens), vous sauriez combien, en fait, je suis prêt à l'amitié et à l'échange. Je ne laisse pas beaucoup de place à l'arrière-pensée et je dis toujours les choses comme elles sont, quand il le faut. Mais je vous ai toujours rencontrés [elle et Aragon] sur un plan où l'amitié et l'échange n'ont rien à voir. » Plus loin, dans la même lettre : « Je crois que le chemin est long de la camaraderie à l'amitié. »

Triolet à Camus : « On a au jour d'aujourd'hui beaucoup d'amis. L'amitié des sinistrés qui s'entraident, on donne asile à des inconnus, on déblaye des ruines... Je ne crois pourtant pas que cet amour du prochain veut dire qu'on a le cœur meilleur, plus grand, c'est parce qu'on est endurci qu'on est capable d'amitié pour beaucoup. [...] Personne ne saurait sortir vivant de mille morts, alors on se limite, on a de la peine, du chagrin, et l'on passe au suivant, qui a plus besoin d'amitié, qu'elle soit sacrifice ou bonnes paroles... »

L'amitié d'Elsa Triolet et d'Albert Camus ne survivra pas au retour de la paix. Elle s'était constituée dans la clandestinité, dans les difficultés à s'écrire, plus encore à se parler, dans une envie commune de défi intellectuel par gros temps. C'était fini. La vie avait repris un cours presque normal. Pendant la guerre, on avait des loisirs ; après la guerre, on n'en aura plus. Pendant la guerre, on ne combattait que les ennemis ; après la guerre, on affronte ses adversaires. Triolet et Camus ne sont plus des alliés dans le camp de l'angoisse et de l'honneur. Chacun est maintenant installé dans l'invention militante de son avenir. Ils font désormais poste séparée.

Le 29 mai 1943, Camus avait écrit à Triolet : « Il y a des amitiés qui ne durent pas et celles qui durent autant que dure l'homme : ce sont les bonnes. »

8

Au fil des années, nos caractères évoluent, nos idées se modifient, nos goûts changent. Cela ne se produit pas brutalement, mais, au contraire, lentement, le plus souvent sans que nous en ayons une claire conscience. Si nous ne sommes plus tout à fait les mêmes qu'il y a vingt ou trente ans, nos amis le sont aussi. Nous avons évolué de concert, et peut-être ne serions-nous pas devenus les uns et les autres ce que nous sommes si l'amitié n'avait pas eu d'influence sur nos comportements.

Par bonheur, il est fréquent que nos permanentes et traînantes métamorphoses se déroulent harmonieusement en même temps que celles de nos amis, quand elles n'ont pas la chance de se compléter en renforçant nos liens.

Il arrive aussi, hélas ! que, comme dans un couple qui s'éloigne de plus en plus l'un de l'autre, nous ne nous retrouvions plus dans le caractère, les idées et les goûts de tel de nos amis. L'écart grandit insensiblement, insidieusement. Bientôt, il est si manifeste que l'amitié devient un faux-semblant, une comédie pénible. Faut-il rompre vite et sec ? Non, par égard pour l'ami qu'il a été. Peut-être le fera-t-il lui-même ? Le mieux est alors d'espacer les relations et de laisser l'amitié s'éteindre d'elle-même. Caton conseillait de découdre et non de déchirer.

Quelques monarques sont restés fidèles à des liens d'amitié noués avec des sujets ordinaires pendant leur enfance campagnarde, sans protocole. Ainsi le roi de Pologne Jan III Sobieski (1629-1696) qui aimait retrouver le simple curé d'un village de Silésie, infatigable conteur de légendes et buveur de vodka.

Ils ont fait leur apprentissage de footballeurs avec Pogba, Benzema, Mbappé, etc. Ceux-ci sont devenus des stars alors qu'eux n'ont pas percé. Mais ils sont restés leurs potes. Ils ont joué ensemble des matchs obscurs, ils ont transpiré ensemble à l'entraînement, ils étaient voisins de vestiaires. L'amitié a perduré parce que les sans-grades, les amateurs, sont les plus fervents supporteurs de leurs camarades couverts d'or et de louanges. À l'occasion, ils bénéficient de retombées d'un peu de gloire et d'argent. Quant aux joueurs vedettes, ils gardent dans leur cercle, sous leur protection, ces hommes de leur âge avec qui ils ont été très proches. Avec un peu plus de chance et de talent, ceux-ci seraient des leurs. Ils ont maintenu leur amitié pour ceux qu'ils ne sont plus.

Les amis d'enfance sont très égalitaires dans leurs comportements, même si l'un manifeste de l'ascendance sur l'autre. Arrivés à l'âge adulte, ils peuvent être confrontés à une difficulté qui était imprévisible : l'un a acquis une grande notoriété dans son domaine professionnel tandis que l'autre ne bénéficie pas d'un éclairage médiatique, sinon, à l'occasion, interrogé, pour parler de son célèbre ami. Celui-ci, enivré de lui-même, cédera peut-être à l'envie de tenir désormais pour superflue une amitié devenue bancale ; celui-là, envieux, prendra ses distances avec un copain qu'il ne reconnaît plus dans ce personnage chanceux et maintenant jugé arrogant et distant.

L'argent, les maisons, les voitures, le train de vie peuvent aussi provoquer la séparation de deux amis d'enfance.

Mais quand la bonne intelligence surmonte ces différences sociales, quand les sentiments de jeunesse continuent de former une attache aussi solide que la corde à nœuds de la salle de gym, quand les deux compères ont gagné en humour, sachant à la fois louer et railler leurs diversités, quand demeure en eux le plaisir d'entendre leurs voix et de boire un coup ensemble, rien n'est plus beau que cette amitié inégalitaire que le destin mènera jusqu'au bout.

On ne connaît pas les amis d'enfance de Jésus. S'il en a eu, il ne les a pas gardés durant sa vie publique. Jésus n'avait pas de potes. Les disciples, les apôtres n'étaient pas des potes. Ils avaient la conviction d'être bien au-dessus.

Paul, mon ami d'enfance, a été toute sa vie ouvrier pâtissier. Nos sentiments l'un pour l'autre, notre attitude vis-à-vis l'un de l'autre, n'ont pas été altérés, moins encore changés, par nos activités professionnelles et nos positions sociales. Le plaisir de se retrouver dans notre province commune n'a jamais fait les frais de nos métiers, de nos revenus, de nos savoirs, de nos notoriétés. Chacun est archiconnu de l'autre. C'est dans cette vieille pratique que l'amitié renoue chaque fois avec l'évidence. Parce que c'est lui, parce que c'est moi. Parce qu'on est bien ensemble et que nous avons mille choses à nous dire sur la famille, les amis, la vie communale, la vigne, le vin, la nature, la pêche, le football, la politique, la télévision, sans oublier, depuis quelques années, notre santé.

Le chef-d'œuvre pâtissier de Paul, mon gâteau préféré, est l'idéal mâconnais, abaisses meringuées fourrées d'une crème au beurre à la nougatine broyée. J'ai plus mangé d'idéals mâconnais que Paul n'a lu de mes articles. Cela me convient, car ma gourmandise a toujours été plus pressante que ma vanité.

9

Il est rare qu'une amitié se poursuive avec la même intensité toute la vie. Elle a des hauts et des bas, les périodes de relâchement ne signifiant pas qu'elle soit menacée. Mais l'un est amoureux et il ne saurait tourner sa pensée vers une autre personne que celle devenue pour un temps sa douce obsession. L'autre passe examens et concours ou franchit un palier difficile dans sa vie professionnelle. La réussite exige de ne pas dilapider temps et intellect. Les amis véritables comprennent ces empêchements passagers et ne s'en formalisent pas.

C'est souvent dans l'adolescence que les amitiés sont les plus fortes. On est dans des sentiments absolus. Les deux ne veulent faire qu'un. Ils ne sont disponibles que pour un pacte ou une fusion. Donner sa vie pour l'autre leur paraît être un projet normal.

Ainsi, à 16 ans, Hans Schwarz comprend-il que Conrad, arrivé dans son lycée de Stuttgart, est enfin l'ami qu'il attendait. « Il n'y avait pas, dans ma classe, un seul garçon qui répondît à mon romanesque idéal de l'amitié, pas un seul que j'admirais réellement, pour qui j'aurais volontiers donné ma vie et qui eût compris mon exigence d'une confiance, d'une abnégation et d'un loyalisme absolu » (*L'Ami retrouvé*, de Fred Uhlman).

Quand ces amitiés radicales s'assouplissent à un âge plus mûr, et pour ainsi dire se civilisent, il arrive qu'elles ne survivent pas à leur entrée dans l'atmosphère.

Le meilleur ami du marié et la meilleure amie de la mariée sont souvent les témoins des mariages. C'est une manière pour eux d'entrer dans la famille. De même les parrains et marraines des enfants, quand ils sont choisis parmi les relations les plus proches, obtiennent un visa pour des réunions de famille élargie.

L'ami doit tenir pour un privilège d'être convié au repas d'anniversaire, non pas de son ami – quoi de plus normal ? – mais d'un membre de sa famille. Les parents, frères et sœurs, enfants tiennent à sa présence, lui manifestent leur affection et le considèrent comme un des leurs.

L'ami de la famille devient ainsi un faux oncle, l'amie une tante ou une cousine à la mode de Bretagne. Jusqu'au cœur de la famille peut aller l'extension du domaine de l'amitié.

Pour un anniversaire de la mort d'un grand acteur, François Périer, pour qui je nourrissais admiration et affection, sa famille m'a invité à me joindre à elle lors d'un repas de fête. J'en serais le seul étranger. On voulait ainsi me récompenser de la constance d'une amitié à laquelle j'avais apporté d'autres preuves depuis sa disparition. On imagine mon émotion et ma fierté. Hélas ! le déjeuner tombait un jour où je n'étais pas en France. J'ai demandé à mon défunt ami de pardonner mon absence et, à mon retour, j'ai passé une soirée avec lui dans le film de Jean-Pierre Melville *Le Samouraï*.

En l'amitié comme en l'amour, s'installe un train-train. Cette marche régulière des sentiments n'est pas désagréable. Elle serait à la longue ennuyeuse si, de temps en temps, elle n'était pas secouée par des événements inattendus qui accélèrent les battements des cœurs.

S'ils sont gratifiants et heureux, ces événements peuvent susciter la jalousie ; s'ils sont pénalisants et funestes, ils peuvent encourager la fuite. Dans les deux cas, l'amitié était d'une nature falsifiée.

Mais quand la réussite, la chance, un surcroît de bonheur exalte l'amitié, lui ajoute une joie sincère, la rend encore plus fraternelle, rien n'égale ces heures d'euphorie partagée.

Quand l'échec, la malchance, un coup dur renforce l'amitié, lui ajoute de la présence et de l'entraide, la rend encore plus affectueuse, rien n'égale ces heures de chagrin partagé.

« L'ami qui, dans ces deux circonstances, se montre fidèle, digne et constant, doit être considéré comme une perle rare, un quasi-dieu » (Cicéron, *L'Amitié*).

10

Marcel Proust à Antoine Bibesco : « [...] Il y a longtemps que nous devrions être brouillés. Vous avez dépassé infiniment le temps maximum que j'octroie à mes amitiés. Brouillons-nous vite. »

C'est évidemment de l'humour un peu arrogant. On peut se donner un délai pendant lequel on réfléchira aux avantages et aux inconvénients à faire entrer un nouvel ami dans son cercle. On étudiera le comportement de ce candidat à la confiance réciproque comme on observera nos propres réactions à notre commerce avec lui. On n'est pas dans le coup de foudre ! Les tempéraments prudents ou hésitants peuvent avoir besoin de ce qui ressemble à une période d'essai.

Mais une fois l'ami adoubé, comment songer à donner une date de péréquation à nos sentiments ?

Le propre de l'amitié est d'être imprévisible, vagabonde, ouverte ; son originalité et son charme tiennent à ce qu'il paraît impossible de l'enfermer dans un calendrier, un plan ou un contrat ; elle est libre de son temps comme de son histoire.

Une amitié qui, au départ, n'a pas tout l'avenir devant elle, c'est comme un roman dont l'écrivain se verrait limiter le nombre de pages.

Il existe cependant des amitiés dont on sait qu'elles seront de courte durée. Ce sont celles des ambassadeurs, des consuls, des directeurs d'instituts français à l'étranger, des conseillers politiques ou culturels, de tout le personnel diplomatique. On reste en poste trois ans, au mieux quatre. Puis toute la famille fait ses bagages pour changer de pays, passant du Chili à la Pologne, du Laos à la Tunisie, de l'Islande à la Chine. Le séjour a été assez long pour se faire des amis. Mais arrive le moment où il faut bien les abandonner, certes à regret, dans l'émotion, mais inexorablement, définitivement. Les moyens modernes de communication permettent de garder le contact, y compris visuel. Mais le temps passe, une nouvelle vie s'est installée dans une nouvelle capitale qui a procuré de nouveaux amis, lesquels, eux-mêmes, dans trois ans…

En vérité, au terme de leur parcours, les diplomates ont conservé des liens avec les étrangers qui étaient les plus proches d'eux, auxquels ils tenaient le plus, qui étaient de vrais et grands amis. Ils projettent de les accueillir ou de les visiter pendant leur retraite. Les autres, les plus nombreux, ont disparu dans l'amnésie mondaine des ambassades.

Marcel Proust n'avait nulle intention de se brouiller avec son ami le prince Antoine Bibesco. Si cela avait été son projet, il s'y fût pris autrement. C'était pour souligner l'ancienneté et la force de leur amitié qu'il s'est amusé à lui proposer de l'interrompre. Âmes sensibles, soyez rassurées : Proust et Bibesco ne se sont pas brouillés.

Les brouilles définitives ont peu d'intérêt. Elles sont motivées par une trahison, une injure, une escroquerie, une porte close, bref, un drame ordinaire.

Les brouilles temporaires entre amis sont, au contraire, passionnantes à suivre, surtout si on les compare aux querelles amoureuses. Dans celles-ci, il y a souvent un jeu, une coquetterie, plus de désinvolture que de gravité, du marivaudage. On se sépare, sachant que c'est provisoire, et que le rabibochage sera délicieux.

Cette part de comédie ne se manifeste pas chez les amis en froid. C'est tout de suite plus sérieux, la blessure plus profonde. Même si le motif de la brouille est futile – un tiers la jugera futile, mais pas les deux amis –, il y a de la friture dans la communication. En vérité, il n'existe plus de communication, et c'est soit l'un des deux, moins buté que l'autre, plus conciliant, qui fera le premier geste, soit un troisième ami, navré, qui prendra l'initiative d'une rencontre de réconciliation.

Dans les couples, avec ou sans enfants, même si on s'aime beaucoup, des brouilles surgissent. Elles ne durent pas, parce que l'un et l'autre savent qu'on ne peut pas vivre longtemps fâchés, et que la paix du soir rattrape la friction du matin, ou la bonne humeur du matin efface l'énervement du soir. Il est possible qu'entre-temps l'oreiller se soit révélé magique.

Mais, dans l'amitié, il n'y a pas d'oreiller, on ne vit pas ensemble et les occasions de se rencontrer sont rares. C'est pourquoi une brouille entre amis, même brève, suscite plus de craintes et de commentaires chez leurs proches que les brouilles à répétition des couples modernes.

Les brouilles en politique sont le plus souvent définitives. L'amitié dérape sur les ambitions et les rivalités, se fracasse contre les trahisons. On vieillit irréconciliables, on meurt fâchés. Une exception cependant, qui est une jolie histoire de générosité ou de tolérance. Ami intime de François Hollande, Jean-Pierre Jouyet a accepté d'entrer dans le gouvernement de François Fillon sous la présidence de Nicolas Sarkozy. Pendant ces dix-neuf mois de trahison au profit de la droite, qu'a fait François Hollande ? «Je lui conservais des sentiments profonds, a-t-il confié à Marie-Laure Delorme, mais je perdais durant cette période un ami. J'ai suspendu mon amitié comme on suspend un contrat de travail. Quand il est sorti du gouvernement, j'ai repris le cours de mon amitié.» (*Parce que c'était lui, parce que c'était moi.*)

11

J'ai toujours pensé qu'il y avait autant d'amitié chez les malfrats que chez les princes, chez les cordonniers que chez les notaires, que ces amitiés ne sont certes pas de même nature ni de même qualité, mais qu'il serait injuste de ne pas les réunir dans la même famille de sentiments.

Cicéron n'est pas de mon avis : « Il ne peut y avoir de véritable amitié qu'entre gens de bien. » Mais qui sont-ils ? « Appelons "gens de bien" ceux qui agissent notoirement avec droiture, honnêteté, loyauté et générosité ; ceux dont la fermeté de caractère exclut toute cupidité, avidité, intempérance. » Hou là ! Avec Cicéron, l'amitié devient un sentiment rare.

Voltaire est encore plus radical. Selon lui, l'amitié ne peut exister qu'entre personnes vertueuses. « Je dis vertueuses, car les méchants n'ont que des complices, les voluptueux n'ont que des compagnons de débauche, les intéressés ont des associés, les politiques assemblent des factieux, le commun des hommes oisifs a des liaisons, les princes ont des courtisans ; les hommes vertueux ont seuls des amis. » Avec Voltaire, l'amitié est un sentiment exceptionnel.

De qui, dans ces conditions, pouvons-nous célébrer l'amitié ? De Saint Louis et Joinville ? De Jeanne d'Arc et son palefrenier ? De François de Sales et Jeanne de Chantal ? De Sœur Emmanuelle et Sœur Sarah ? Du Dalaï-lama et Matthieu Ricard ? De Tintin et Tournesol ?

Qui peut se vanter d'être vertueux ? Sûrement pas Voltaire ! Son amitié était-elle en conséquence suspecte, viciée ?

Donc, les gens de bien et les vertueux développent une amitié dénuée de toute médiocrité, de toute faiblesse. Elle est exemplaire, mais, à la longue, probablement ennuyeuse. Pour qu'elle soit toujours respectueuse du bien ou à la hauteur de la vertu, il faut s'interdire entre amis la désinvolture, le persiflage, la dissimulation, l'inconstance, le scepticisme. Sans cesse se surveiller. S'obliger constamment à une conduite irréprochable. Craindre de prodiguer des marques d'amitié qui soient inférieures à celles reçues.

Faire de l'amitié non plus l'une des grâces naturelles de la vie, mais une conquête ou une valeur à laquelle, sans jamais se relâcher, il convient de consacrer tous ses soins.

Eh bien, je préfère les amitiés moins cadrées, plus fluides, plus ouvertes aux fragilités humaines et aux caprices du temps.

L'amitié ne peut pas être la chasse gardée des gens de bien et des vertueux. Sinon, elle serait une récompense de la vie alors qu'elle n'en est qu'une des composantes.

Et pourquoi serait-elle interdite à vous et à moi qui avons nos défauts, nos défaillances, nos périodes de relâchement ? L'amitié appartient à tout le monde. Comme la liberté, c'est un bien universel. Elle n'est pas réservée à une aristocratie du sang ou du mérite. Elle peut paraître aussi admirable dans les aléas des existences compliquées que sur les hauteurs des grands destins.

Il y avait de l'amitié à la cour des Miracles. Il y en a aussi dans les bas-fonds, dans la pègre, dans les mafias, dans les prisons. Ce sont des amitiés violentes, hors-la-loi, parfois homicides, et Voltaire n'a pas tort d'y voir surtout de la complicité. Mais on ne saurait nier que les voyous, les gangsters peuvent avoir une réelle affection pour un ou plusieurs d'entre eux, sentiment qui peut aller jusqu'au sacrifice de la vie.

D'ailleurs l'amitié est souvent un sentiment plus fort, plus exigeant chez les malfrats que chez les honnêtes gens. On venge la mort d'un ami en exécutant l'un de ses tueurs qui, à son tour, sera vengé par l'un de ses amis, et ainsi de suite. Beaucoup de polars, romans noirs, films de gangsters se fondent sur ce canevas de l'amitié rouge sang. Ce peut être entre familles, et c'est alors la vendetta.

Heureusement, l'amitié est généralement un long fleuve tranquille au-dessus duquel s'élèvent de solides ponts construits par sympathie et affection. On y circule avec confiance. On s'y penche gaiement. On y organise des fêtes d'anniversaire, des vins d'honneur, des réveillons du Jour de l'An. Les amis aiment trinquer à l'amitié.

12

Une grande différence d'âge entre deux amis intimes surprend moins qu'entre des époux ou des amants. Chez ceux-ci, on observe d'abord les corps puisqu'ils sont censés fonctionner ensemble. Au mépris de l'écart des années. Au bénéfice d'inégales et de tendres évolutions. On ne s'interrogera qu'en second sur les conséquences psychologiques de la génération qui les sépare. Chez les amis, au contraire, les corps n'étant que des meubles d'agrément, on se focalise tout de suite sur les disparités des vécus.

Il se peut que le plus jeune soit le plus dégourdi des deux, mais, en règle générale, l'expérience de l'aîné est très appréciée de son cadet comme le regard neuf de celui-ci donne des couleurs à leur conversation. Il s'établit entre eux, à la longue, un gagnant-gagnant où s'interpénètrent et s'équilibrent sagesse et audace, réflexion et impulsivité, humour et impatience.

Jeune adulte, mon premier ami avait vingt-deux ans de plus que moi. Jean Sénard était secrétaire général du *Figaro littéraire*. C'était un journaliste cultivé, raffiné, qui vouvoyait son épouse, passait des nuits entières à jouer au poker avec des flambeurs beaucoup plus riches que lui et qui se présentait aux élections législatives pour le parti socialiste dans le huitième arrondissement de Paris. Il n'avait aucune chance d'être élu. Je n'ai pas connu d'homme plus attentif aux autres. Il ne se contentait pas d'un « moi, ça va », il voulait savoir si, vraiment, tout allait bien et si, derrière la réponse de politesse, ne se cachaient pas des soucis qu'il se proposait d'analyser, de replacer dans leur contexte et, à la fin, de balayer d'une parole stimulante.

C'était un précieux aîné qui, par ses conseils, sa subtile influence, surtout par sa présence, donnait confiance au journaliste provincial, débutant, pas très calé, étourdi et naïf que j'étais. Le voir assis dans la salle de rédaction où j'entrais chaque matin me rassurait. Avec lui, rien de fâcheux ne pouvait m'arriver. Souvent nerveux, dessinateur compulsif et doué, il produisait chez les autres de la sérénité.

Un cancer fulgurant l'emporta en 1966, à l'âge de

53 ans. Ce fut mon premier mort intime, ma première immense douleur. Sachant nos liens, on me demanda de lui succéder au poste de vice-président de la Société des rédacteurs du *Figaro*. J'acceptai. Non par conviction, ambition ou dévouement, mais par reconnaissante amitié.

La première fois que j'ai vu Jean Hamelin, directeur du *Progrès*, à Lyon, je lui ai demandé de me libérer – je n'étais que stagiaire – pour une année d'études supplémentaires. Il m'a répondu que, si je quittais le journal, ce serait pour toujours. « Dans ce cas, je suis déjà parti », lui ai-je rétorqué.

Sept ans après, il me rejoignait au *Figaro*, toujours comme directeur. Étonnement et amusement de se retrouver. Je lui ai dit qu'il avait manqué de diplomatie. Il m'a répondu qu'il avait sauvé ma carrière. Nous sommes devenus amis. Très amis. Il avait dix-sept ans de plus que moi. La chance était que ma femme avait copiné avec la sienne comme elle s'était accordée avec l'épouse de Jean Sénard. Il faudra que je revienne sur l'amitié des couples.

C'est Jean Hamelin qui m'a initié aux cigares de Havane. Dans l'art de conduire un conseil d'administration comme dans celui d'allumer un Montecristo n° 2, c'était un perfectionniste. Un soir, après dîner, on ne se tutoyait pas encore, me raccompagnant sur le seuil de sa porte, il me dit tout à coup : « Pourquoi êtes-vous paresseux ? » « Moi ? Paresseux ? », dis-je, stupéfait, offusqué. « Eh bien, oui, reprit-il, vous vous contentez de faire, chaque semaine, dans *Le Figaro littéraire*, votre page d'informations et d'échos. Vous êtes une sorte de petit fonctionnaire des lettres. Vous pourriez faire beaucoup plus et mieux. Vous manquez d'ambition. »

Il avait raison. Tout au bonheur d'être devenu journaliste, je n'écrivais pas plus que ce qui m'était demandé. Alors, j'inventai la critique de la publicité ; je fournis davantage de chroniques pour la une du *Figaro* ; puis j'acceptai une chronique matinale quotidienne sur Europe 1 après avoir collaboré à l'émission littéraire hebdomadaire de Roger Vrigny sur France Culture.

En 1976, fâché avec les patrons de presse pour leur parole défaillante, Jean Hamelin s'exila à Montargis, non plus pour diriger des journaux, mais pour les vendre avec l'aide de ses deux enfants. Le déjeuner annuel qui suivait le conseil d'administration de la Distribution montargoise de presse (DMP) était un rendez-vous amical que je n'ai jamais raté. Comme j'ai toujours été fidèle jusqu'à la mort de mon ami, en mai 2005, à notre conversation téléphonique du dimanche soir.

L'amitié de ces deux aînés n'a pas peu contribué à me donner de l'épaisseur et de la combativité, et pas seulement dans ma vie professionnelle. Le fait que Jean Hamelin a succédé à Jean Sénard prouve bien la nécessité que je ressentais dans mes débuts d'avoir un ami plus expérimenté que ceux de mon âge. Pourtant, à aucun moment, il ne m'est venu à l'idée que je devais remplacer l'aîné disparu. Cela s'est fait tout naturellement, sans que j'en aie conscience.

Le plus étonnant, c'est qu'ils ne se ressemblaient ni physiquement, ni dans leur mode de vie, ni dans leurs idées, ni dans leur sociabilité. Ils n'auraient jamais pu devenir des amis.

Jean Sénard et Jean Hamelin avaient cependant une qualité commune plutôt rare chez les aînés vis-à-vis de leurs cadets : ils aimaient me poser des questions.

13

L'amitié a une espérance de vie beaucoup plus longue que l'amour. Il existe heureusement des exceptions, mais les copains et copines au long cours, de l'enfance à la mort, continuent d'être très nombreux tandis que les couples qui vont des amours de jeunesse jusqu'au bout de l'existence chutent chaque année un peu plus dans les statistiques.

Les familles fêtent avec raison les noces d'or (50 ans) et de diamant (60 ans). En dépit de la longévité accrue des hommes et des femmes, ou peut-être à cause de l'espérance de vie de plus en plus étendue, ces noces se feront de plus en plus rares. Raison supplémentaire de les célébrer avec éclat.

Comme l'amitié est sans cérémonie, sans liturgie, sans parade, ses anniversaires ne sont pas fêtés. Sinon, les « amitiés d'or » ou les « amitiés de diamant » donneraient lieu à de nombreux et joyeux rendez-vous. Cinq, rien que pour moi. Que ne les ai-je organisés !

« Comment imaginer que nous allons passer toute notre vie avec le même homme ou la même femme ? » Qui n'a pas entendu cette phrase prononcée par des jeunes gens aux amours réalistes ?

A-t-on déjà entendu un jeune homme ou une jeune femme dire : « Comment imaginer que cet ami(e) le sera toute ma vie ? »

L'amitié est à la longue plus robuste que l'amour parce que les amis sont des intermittents du spectacle. Ils ne se réunissent que de temps en temps, et c'est tout au plus pour un apéro, un déjeuner, un cinéma-resto ou une journée de balade. Des vacances ensemble, au grand maximum. Puis, chacun retourne à son pré carré. Où l'ami n'est présent que par le souvenir des jolis moments partagés et par la promesse d'autres heures agréables.

Le couple, lui, est sur scène, jour et nuit, toute l'année. Et, partant, toute la vie. Pourquoi pas, si la pioche a été bonne ? Mais, trop souvent, après avoir plus ou moins longtemps magnifiquement joué au couple parfait, avec ou sans enfants, il et elle déjouent jusqu'au rideau rouge final. C'est la faute à la cohabitation chicanière, aux intimités devenues instables, puis insupportables, aux gestes trop vus, aux paroles trop entendues, aux habitudes trop répétées, au manque de respiration solitaire.

L'amour meurt souvent par étouffement tandis que l'amitié est une joggeuse décontractée.

Nous nous amusons d'une manie ou d'un tic de langage apparu chez un ami. Mais que cette incongruité s'installe dans notre couple, et l'autre ne la supportera pas.

Il n'est pas grave que deux amis ne soient pas toujours sur la même longueur d'onde. Un différend idéologique ou culturel s'arrête au moment où ils se séparent. Il est peu probable que, huit ou quinze jours après, il réapparaisse dans la conversation au cours de leur nouvelle rencontre. Discontinue, épisodique, l'amitié n'applique pas le droit de suite. Sa mémoire est plus inconstante que celle de l'amour.

À l'inverse, s'ils sont fréquents et profonds, les différends idéologiques ou culturels représentent une menace pour le couple. C'est pourquoi, vivant chaque jour ensemble, lancés dans une conversation permanente, les deux conjoints ou les deux amants sont dans la nécessité de se rejoindre dans le plus grand nombre de centres d'intérêt, d'opinions partagées, de curiosités mises en commun, d'aspirations complémentaires. Pour que ça dure, il faut que les idées aussi s'emboîtent.

Pour les amis, c'est plus facile. Il suffit d'avoir quelques passions communes.

Mais le principal obstacle à la pérennité de l'amour, c'est l'obligation de fidélité. L'infidélité est une fracture qui n'était au départ qu'une entorse. On comptait sur le camouflage, l'habileté, la discrétion, la chance. Ce ne serait qu'une exception. C'est devenu une habitude. Arraché ou confessé, l'aveu représente souvent un *casus belli*. La guerre se terminera par une séparation ou un divorce. Adieu l'amour éternel !

L'amitié n'a pas à surmonter ce genre de périls. Nous avons généralement plusieurs amis. Nous sommes plus ou moins proches d'eux, ils peuvent être un peu jaloux les uns des autres et même rivaux dans leurs manifestations d'amitié. Mais aucun n'exige l'exclusivité et le départ des autres. Il arrive que nous ayons des amis qui ne s'apprécient pas et même se détestent. Nous ne sommes pas obligés de les réunir.

Si, tout de même, l'infidélité existe en amitié, ou du moins son apparence, quand un nouvel ami auquel nous prodiguons beaucoup d'attention et de temps nous fait négliger les anciens. Ceux-ci s'étonnent, questionnent, bougonnent. Mais nous ne tardons pas à le leur présenter et, si nous avons bien choisi, il entre dans le cercle où il devient l'ami de nos amis.

En amitié, le cœur est un chasseur multiple.

14

Quand nous avons beaucoup d'admiration pour l'intelligence, la beauté, la réussite d'une femme et que nous avons la chance d'être de ses amis, nous nous disons que son mari ou son amant a encore plus de chance que nous et qu'il ne la mérite pas. Il n'est pas à la hauteur, il ne le sera jamais.

Si leur histoire prend fin et qu'il en est le responsable, nous ajoutons la bêtise et la goujaterie à ses défauts. Au cas où elle aurait du chagrin, nous ne nous réjouissons pas trop fort de cette issue. Nous n'affirmerons pas devant elle qu'elle était prévisible et que nous l'avions annoncée.

Si c'est elle qui a donné son congé au veinard maintenant déconfit, nous approuvons bruyamment sa décision en le chargeant de tous les péchés du monde et en louant la patience de notre amie, sa bonté, son indulgence. Quoique notre amitié soit un peu amoureuse, nous n'avons jamais prétendu, ses amis et moi, occuper son cœur et son lit, mais tous nous considérons ses maris et amants successifs comme des imposteurs.

Voici le nouveau. Elle l'aime. Nous, pas ! À lui, que manque-t-il ? L'argent ? Non. La position sociale ? Non. Le charme ? Non. L'élégance ? Non. La culture ? Non. La santé ? Non. La politesse ? Non. Alors, quoi ? Ah, ça y est, j'ai trouvé : il n'a pas d'humour ! Comment notre amie peut-elle s'embarquer avec un type dénué d'humour ? Elle court une nouvelle fois à l'échec, c'est fatal. Pas question de le lui dire. Allez, elle s'en apercevra vite !

Colette : « Mes amis véritables m'ont toujours donné cette preuve suprême d'attachement : une aversion spontanée pour l'homme que j'aimais. »

L'amitié amoureuse débute souvent dans l'enfance. Le petit garçon offre à la petite fille des cadeaux à elle seule réservés. La petite fille a pour le petit garçon des attentions qu'elle n'a pas pour les autres. Ils vont jusqu'à jouer au docteur et à l'infirmière. Les parents sont attendris, émerveillés, par tant de complicité.

Cette amitié perdure et se renforce parfois au-delà de l'adolescence. Les deux amis d'enfance se marient.

C'est une belle histoire. Les familles exultent. On rit et on pleure. On rit de joie et on pleure d'émotion. Pourvu que ça dure… La précocité n'est pas un brevet de longévité.

Présentes au début de nombreux romans, les amitiés d'enfance, puis les amours de jeunesse qui tournent mal, ont ma préférence. Ils s'aiment mais une des deux familles juge l'autre socialement déclassée. Ou bien les parents se détestent (les Montaigu et les Capulet). Ou encore un jeune homme concurrent profite de l'éloignement du garçon dans un pays étranger où il fait ses études et de sa paresse à écrire des lettres d'amour pour occuper la place. Ou, inversement, c'est la jeune fille partie six mois chez une tante à New York pour perfectionner son anglais qui n'apprendra qu'à son retour que la fille du boss du coin s'est arrangée pour tomber enceinte de son promis.

Pourquoi je préfère cette issue dramatique à un épilogue à l'eau de rose ? Parce que, vingt ou trente ans après, les anciens tourtereaux se rencontrent par hasard. Ils tombent de nouveau amoureux et ça déclenche un ramdam du diable capable de relancer l'intrigue et l'intérêt du roman.

Quand les femmes ont la chance d'en compter un parmi leurs amis, le préféré est souvent l'homosexuel. Le couple d'homos, c'est encore mieux. Avec eux pas d'ambiguïtés ni de méprises. Dans l'attention, la gentillesse, les prévenances, les secours, ils sont imbattables. La galanterie n'est pas pour eux démodée. Ils connaissent des adresses, des tuyaux culturels, des astuces dont ils font profiter tous leurs amis, cette générosité étant encouragée par leur copine. D'eux elle reçoit des cadeaux inédits, au goût du jour ou avant-gardistes. Ils se révélaient les seuls à en connaître l'existence, ce qui crispe un peu les autres amis. Enfin, ils sont souvent drôles, n'hésitant pas à rire d'eux-mêmes.

Avec leurs amis hétéros, les homos se montrent tout aussi chaleureux et serviables. Un peu moins zélés, peut-être. Les nouvelles générations, complexes disparus, n'ont plus à faire oublier leur différence par un surcroît de courtoisie. Ce sont des amis comme les autres. Les vieilles dames préfèrent les anciens.

L'amitié amoureuse est plus proche de l'amitié que de l'amour. À cause des différences sociales, d'âge ou de culture, avec cette femme on ne saurait prétendre bénéficier plus que de son amitié. Ce serait folie que d'espérer plus. Passerait-on hardiment à l'abordage, on risquerait de tout perdre. Sans compter qu'elle a un mari ou un amant, des enfants, d'autres amis.

On reconnaît l'amitié amoureuse à une attention plus soutenue, une écoute ponctuée de commentaires flatteurs, des empressements à se rendre utile. On échange plus de regards et de sourires. Il y a une connivence avec elle un peu différente de celle qu'elle a avec ses amis ordinaires. Ils peuvent en montrer de l'agacement, ce qui n'est pas pour déplaire à l'ami fier de son comportement à la fois plus proche et plus zélé que le leur.

Elle, fine mouche, voit tout, sait tout. Elle perçoit depuis longtemps que l'amitié se double d'un sentiment plus tendre. Elle apprécie entre eux ce non-dit fait de jolis mots échangés. Elle encourage ses attentions, ses ardeurs. Elle en joue. Elle n'ignore pas qu'en lui accordant la préférence, ne serait-ce que pour une broutille, elle lui fait un plaisir fou. C'est qu'il vit un moment rare où la sereine amitié a volé à l'amour sa fulgurance.

15

L'amitié conduit-elle à l'amour ? Ça arrive, pas souvent. Des amitiés d'enfance ou de jeunesse ont trouvé un prolongement naturel dans l'union charnelle du couple. Ils s'étaient juré fidélité, avaient promis de se marier et ils l'ont fait. Mais n'était-ce pas, dès le commencement, de l'amour ?

Autrefois, les occasions de rencontres étant plus rares qu'aujourd'hui, il arrivait que le veuf ou la veuve épousât en secondes noces une sœur ou un frère de la défunte ou du défunt, quand ce n'était pas une amie ou un ami de la famille. Ainsi restait-on entre personnes de connaissance qui s'appréciaient et ne bouleversait-on pas l'économie du clan. L'arrivée d'un étranger eût été une menace pour des intérêts depuis longtemps établis.

Parfois, le remariage suivait de bien peu l'enterrement. C'était que l'amie ou l'ami de la famille avait accédé au lit conjugal avant l'heure et qu'on avait hâte de régulariser. Cette histoire ne débouchait pas toujours sur le carnet du jour. Elle s'arrêtait en route à la rubrique des faits divers, le défunt ou la défunte ayant passé l'arme à gauche de façon suspecte.

Les crimes passionnels sont moins fréquents aujourd'hui parce que les divorces sont plus faciles. (Mieux vaut qu'ils ne soient pas trop coûteux, sinon l'envie de la manière forte revient.) Les trop nombreux féminicides sont le plus souvent causés par des hommes violents qui ne veulent pas perdre ce qu'ils considèrent comme un titre de propriété sur une femme qui a repris sa liberté. Ce n'est pas la passion amoureuse qui anime leur bras, c'est la ruine du possédant.

Il n'est pas rare que des séparations soient provoquées par une amie ou un ami du couple ayant embrassé le titre officieux, caché, de maîtresse ou d'amant. Les intimes comme les amis ordinaires représentent un vivier considérable dans lequel les tentations sont à portée du regard et de la main.

Considérons l'un de ces audacieux prédateurs. La conquête d'une amie de sa femme lui fait battre le cœur trois fois plus vite. D'abord, le risque est beaucoup plus grand que s'il s'agissait d'une inconnue. Il peut tout perdre. Ensuite, il y a quelque chose d'un peu cynique, pervers, presque incestueux, à coucher avec une amie de sa compagne. Enfin, le motive la hardiesse de transgresser les lois de l'amitié et de bafouer les valeurs qui lui paraissaient jusqu'alors essentielles. Au poker, on dirait qu'il « fait tapis ».

Notons au passage que les chagrins d'amour sont une période dangereuse parce que favorable aux prédateurs des deux sexes. C'est que, par exemple, les consolatrices abondent, elles se montrent parfois pressantes. Leurs manœuvres prennent un tour intime, si intime, que le réconfort devient un moyen de séduction. La conquête est d'autant plus facile que les défenses immunitaires de la personne sentimentalement souffrante sont affaiblies. Elle peut céder pour se changer les idées, pour se prouver que son pouvoir d'attraction est resté intact, parce que dans cette période de rupture un ami ou une amie représente la stabilité et la continuité. Au réveil, il arrive que les deux prennent conscience d'avoir commis une bêtise.

Passer de l'amitié à l'amour, c'est passer du salon à la chambre, du jour à la nuit, de l'intermittence au plein-temps, de la liberté de mouvement à la contrainte par corps.

Passer de l'amitié à l'amour, c'est passer de la marge au centre, de la coulisse à la scène, du conjectural à l'officiel, de la parole aux papiers.

Passer de l'amitié à l'amour, c'est prendre le risque, un jour, bien plus tard, de se souvenir combien l'amitié était légère et paisible, sans problème, sans obstacles, et de regretter cette jolie époque où tout chez l'autre était exquis parce que frappé du seul souci de faire plaisir.

Est-ce par crainte de passer de l'amitié à l'amour que je compte peu de femmes dans mes premiers cercles d'amis ? Elles furent pourtant nombreuses dans mes activités professionnelles de journaliste de presse écrite et de télévision. Mais, leur tâche accomplie, elles ont pour la plupart disparu. Je n'ai pas lancé d'avis de recherche.

Il n'en est pas de même avec les épouses ou les compagnes de mes copains. Au fil des ans, certaines sont devenues des amies à part entière, ajoutant à leur homme une raison de l'apprécier davantage.

Mademoiselle de Scudéry admettait qu'il fût possible de passer de l'amitié à l'amour, mais ne comprenait pas qu'on pût envisager l'inverse, à savoir commencer par l'amour et poursuivre par l'amitié. Il est vrai qu'à l'époque – le XVIIe siècle – quand une femme n'était plus aimée et devenait encombrante, elle était expédiée au couvent ou dans un lointain château. Il s'agissait bien pour le mari ou l'amant de s'en faire une amie ! Plutôt l'exiler et l'oublier.

Restée célibataire toute sa vie, Madeleine de Scudéry serait bien étonnée de constater combien il est facile aujourd'hui pour un couple de se délier, puis de continuer de se voir et, quand la séparation se passe au mieux, de devenir amis. Cette issue idyllique n'est cependant pas la règle, loin de là, mais quand la sagesse l'emporte sur le ressentiment, des réunions de famille recomposée montrent d'anciens couples, avec enfants, se donner d'évidentes marques d'amitié. Quand ce ne sont pas, plus rare, des femmes naguère rivales ou des hommes concurrents, se comporter en amis exemplaires. Ainsi pouvait-on rencontrer à Venise, bras dessus, bras dessous, l'épouse et le grand amour d'un célèbre écrivain.

Passer de l'amour à l'amitié, c'est perdre une place à table, au salon, dans le lit, en voiture, pour une position privilégiée dans une mémoire reconnaissante. C'est miser sur une tendresse réciproque d'où ont été chassés les griefs qui ont abouti à la séparation. C'est croire que la présence discontinue d'une personne qu'on a beaucoup aimée et qu'on aime toujours un peu vaut mieux que son absence définitive.

16

L'argent apporte des douceurs à l'amitié comme il peut lui être fatal. Il en facilite les manifestations – repas, voyages, vacances, cadeaux – et il l'étouffe sous les inégalités et les excès. L'argent est l'ami comme l'ennemi de l'amitié.

Jean-Jacques Rousseau était clairvoyant : « C'est un beau nom (l'amitié) qui sert souvent de gage à la servitude. J'aimerai toujours à servir mon ami, pourvu qu'il soit aussi pauvre que moi. S'il est plus riche, soyons libres tous deux, ou qu'il me serve lui-même ; car son pain est tout gagné, et il a plus de temps à donner à ses plaisirs. »

Il est en effet difficile d'être l'ami pauvre, et surtout de le rester, d'un homme riche. Comment, au fil du temps, ne pas devenir son obligé, puis son assujetti, enfin son serviteur ?

Me promenant, un soir d'été, dans le port

d'Antibes et admirant les yachts gigantesques des milliardaires, je me disais que seuls d'autres élus de la fortune pouvaient être leurs amis ou bien des personnes de la politique ou des arts dont la célébrité compense la modestie des moyens comparés à ceux de leurs hôtes.

Le lendemain, j'assistai à une partie de pétanque dans un village de l'arrière-pays niçois. Que de vieux amis, joviaux et railleurs, à l'accent de Provence, qui avaient agréé parmi eux deux ou trois estivants reconnaissables à leurs shorts ! Les perdants du jour ont payé le pastis servi sous les platanes. Certains dînaient ensemble. Ils se sont retrouvés le lendemain pour l'éternelle revanche.

Imagine-t-on un milliardaire russe ou américain abandonner chaque jour son yacht pour lancer le cochonnet avec des villageois de Fayence ou de Tourrettes ? Ou un pétanqueur provençal être invité à une croisière sur l'un des monstres du port d'Antibes ?

L'égalité sociale est un marqueur de l'amitié.

Une richesse, tombée du ciel, comme un héritage, ou gagnée rapidement, avec une start-up, peut altérer une amitié. Il est possible qu'elle provoque chez l'un un sentiment de supériorité et chez l'autre de jalousie.

L'amitié est un pot où chacun met sa part de temps et d'argent. L'un, pauvre, ne peut pas payer avec du temps ce que l'autre, riche, dépense en argent, sinon, comme l'a bien vu Rousseau, le premier risque de tomber dans la dépendance du second. L'amitié ne fonctionne pas au mécénat.

Entre amis, il doit y avoir échanges, participations, interactions, mises en commun. Des inégalités sont inévitables et même souhaitables. Elles apportent de la variété et de l'inattendu. C'est dans l'amitié elle-même, dans ses manifestations que se complètent et s'égalisent les différences de caractères, d'intelligence, de culture, d'âge et de moyens.

L'amitié est une équation magique dont les variables défient l'analyse scientifique.

J'ai connu Guy Frély, comme moi Lyonnais, pendant mes études à Paris. Il faisait un stage dans un ministère. Son premier cadeau : un billet d'un dollar. Pour me porter chance, me dit-il. Il ne s'était pas trompé. Deux fois j'ai perdu mon portefeuille à Paris, deux fois il a été trouvé et m'a été restitué, avec l'argent français et le dollar, par des Américains.

Quand Guy n'avait pas le cœur sur la main, c'était son carnet de chèques, une carte bleue ou du liquide.

Pour sa femme, ses deux enfants et ses amis, il était d'une infatigable générosité. Inépuisable, non, car quoiqu'il gagnât beaucoup d'argent dans ses activités commerciales, il dépensait ce qu'il n'avait pas encore gagné. Il aimait vivre à crédit, celui-ci ne lui étant pas mesuré.

Bénéficiaire de ses fêtes à Paris et de son hospitalité à Saint-Tropez ou en Normandie, son train de vie me mettait parfois mal à l'aise. Je lui en remontrais les dangers. Guy me rassurait en m'exposant deux ou trois idées prometteuses qu'il avait sélectionnées parmi toutes celles qui lui étaient venues à l'esprit depuis son réveil.

Cet homme à l'imagination industrieuse avait une qualité qui faisait de lui un ami incomparable : il était encore plus généreux de son temps. Son attention à tout ce que j'écrivais et animais me fascinait. Il avait tout lu et regardé. Il me donnait son opinion et me questionnait longuement sur les à-côtés et les suites. Dans les repas d'affaires ou mondains, il disait qu'il était mon ami alors que je n'étais qu'une signature parmi d'autres au *Figaro littéraire*. C'est au cours d'un de ces déjeuners d'été à Deauville que Lucien Morisse, alors directeur artistique d'Europe 1, eut l'idée de me faire faire un essai à la radio. Il chargea

Guy de me le dire. J'entends encore au téléphone sa voix vibrante de joie et de fierté.

François Mitterrand n'avait jamais d'argent sur lui. Ses très nombreux amis le savaient. S'ils déjeunaient avec lui ou l'accompagnaient dans une librairie pour qu'il achète un livre, c'était à eux de payer. D'après les témoignages, il ne faisait pas semblant d'avoir oublié son portefeuille ni de manifester une coupable confusion. À force, il savait que, bien loin de se formaliser de son goût pour l'économie, ses amis – quelques-uns très riches – étaient ravis d'ouvrir leur portefeuille pour lui. Estimaient-ils que sa brillante conversation et le temps qu'il leur consacrait les dédommageaient largement ? N'était-ce pas ce que pensait aussi François Mitterrand ?

Dans un groupe d'amis, il y en a toujours un ou deux qui ont un oursin dans la poche. Ce sont rarement les plus pauvres. Quelques remarques ironiques ne les encourageront pas à se montrer plus généreux. Si nous les considérons comme des rats, ils cesseront d'être de nos amis. L'amitié nous souffle que ce ne sont que des bailleurs contrariés.

Au café ou en boîte, les jeunes, aujourd'hui, payent chacun leur part. Cette bonne pratique n'était pas autrefois la plus courante. À tour de rôle, l'un de nous offrait aux autres les consommations. Personne ne tenait de comptabilité. « C'est déjà à moi ! » s'exclamait celui désigné par une sorte d'assentiment majoritaire. Certains n'étaient pas dupes qui acceptaient de payer plus souvent qu'à leur tour. Je remarquais que les copains se montraient moins sensibles à cette générosité que les filles.

Paul Bocuse aimait recevoir dans son auberge de Collonges-au-Mont-d'Or des tables de huit ou dix paysans ou ouvriers avec leurs épouses. Ces amis venaient dépenser au cours d'un repas mémorable la cagnotte qu'ils avaient constituée au cours de l'année dans des parties de belote ou de rami.

17

Robert Sabatier adorait raconter notre première rencontre. Il en rajoutait un peu. Mais il est vrai que le spectacle de ces deux jeunes hommes timides cherchant un restaurant pour y déjeuner n'annonçait pas l'irruption de l'un dans les best-sellers des années 1970 et l'installation de l'autre dans les émissions à succès de la télévision.

À lui, on venait de confier le service de presse des Presses universitaires de France, à moi, la page d'informations et d'échos du *Figaro littéraire*. Il était inévitable que nous fassions connaissance. Robert en avait pris l'initiative. Et voilà que, l'un et l'autre, sans expérience de ces contacts professionnels, embarrassés, silencieux, nous entrons dans un restaurant populaire du boulevard Saint-Michel. Au patron, un Auvergnat de fort calibre, Robert demande une table. « Rien de plus facile, lui répond-il, son visage s'éclairant d'un large sourire. Je vais vous trouver une table à l'écart pour que votre petit couple – œillade appuyée – ne soit pas dérangé.»

D'abord, un peu gênés par l'impression que nous avions donnée, nous en avons ensuite beaucoup ri. Nous avons continué de nous en amuser pendant plus d'un demi-siècle.

Avant même d'inviter des écrivains à s'exprimer à la télévision, je me disais que leur amitié pour moi et mon amitié pour eux n'étaient pas à encourager si je voulais être et rester un journaliste littéraire n'ayant d'autre attache qu'avec son indépendance. Je ne pouvais pas non plus être un misanthrope scrogneugneu caché derrière ses piles de livres. Ce n'était ni dans mon caractère ni dans l'intérêt de ma rubrique de courriériste. Je jugeai qu'avec les écrivains pour lesquels j'avais de l'estime, de l'admiration, je devais me tenir entre la sympathie et l'amitié. Déjeuner avec eux en ville mais refuser de dîner chez eux. Ne pas prolonger chez moi une conversation-interview amorcée à leur domicile ou au café. De l'amitié au téléphone, dans la correspondance, dans les mots, mais pas dans les actes. Sauf une exception (j'y viendrai), je me suis tenu à peu près à cette règle de conduite professionnelle.

Si Robert Sabatier est devenu un ami, c'est qu'il était entré comme critique pigiste à la rédaction du *Figaro littéraire*. La camaraderie au travail conduit souvent à l'amitié. Même cause, même effet avec Jean Chalon. Nous avons le même âge et nous étions les deux premiers jeunes journalistes embarqués dans une rédaction de vieux sbires (ils nous apparaissaient comme tels alors que certains n'avaient que dix ou vingt ans de plus que nous). Je n'allais pas rompre mon amitié avec Chalon parce qu'il a ensuite publié des romans et des biographies ! Nous continuons, retraités, de déjeuner ensemble deux ou trois fois par an. Notre chère Colette est toujours au menu.

Par son attention aux autres, sa disponibilité, sa générosité, son humour fin et combatif, son invincible bonne humeur, Raymond Lévy était un ami exceptionnel. Toutes les personnes qui le connaissaient recherchaient sa présence et sa conversation. C'était surtout un homme remarquable qui, pendant la guerre, avait risqué sa vie dans des actions violentes de la Résistance. Il avait réussi à s'échapper du dernier train pour Auschwitz. Ex-militant communiste, il racontait avec tant de drôlerie ses années, tout en bas, au service du Parti, que je l'avais encouragé à en écrire le récit. Ce qu'il fit en 1977 avec *Schwartzenmurtz ou l'esprit de parti*, petit bijou d'ironie tordante et cruelle. Plus exigeant avec lui qu'envers les autres, il limita son œuvre à ce seul titre.

C'est chez Raymond Lévy que je fis connaissance de mon exception, l'écrivain dont j'ai recherché et cultivé l'amitié, Jorge Semprun. Ce fut plus spontané que calculé. J'ai tout de suite été fasciné par son intelligence, sa vaste culture, sa manière très espagnole de donner l'accolade et de faire les gestes qui disent le plaisir de se revoir. Une beauté et un charme auxquels les femmes succombaient vite. Une conversation brillante, sans aucun accent, où il savait enchaîner l'émotion et la colère, la louange et l'ironie, la provocation et l'humour. Un aristocrate espagnol qui écrivait ses livres en français et qui combattait le communisme après en avoir été l'un des principaux dirigeants, voilà qui n'était pas banal. Ne pas lui manifester de la curiosité équivaudrait pour un journaliste à une faute professionnelle. Je ne l'ai pas commise.

Ce que j'ai aimé chez Jorge Semprun, c'est, au fond, tout ce que je ne posséderai ni ne connaîtrai jamais : le don des langues – sa maîtrise de l'allemand lui avait sauvé la vie en arrivant à Büchenwald –, une mémoire phénoménale, son aptitude à écrire aussi talentueusement pour le cinéma que pour la littérature, ses risques pris dans la Résistance et dans la clandestinité, en Espagne, sous Franco, ses capacités physiologiques et psychologiques à survivre à la barbarie des camps – lire *L'Écriture ou la vie*, son chef-d'œuvre –, sa dimension d'intellectuel européen, sa puissance d'attraction qui en faisait l'ami de personnalités aussi différentes qu'Yves Montand, Felipe Gonzales, Bronislav Geremek ou Costa-Gavras.

À la mort d'un ami, je me pose cette question : quel a été le poids de sa vie ? A-t-elle pesé dans la mienne ? Les vies de Raymond Lévy et Jorge Semprun ont pesé lourd, celui-ci par son rayonnement intellectuel et artistique, celui-là par son humanisme souriant.

La bande à Raymond Lévy et son épouse Danièle comprenait, outre Jorge et Colette Semprun, François et Colette Périer, Michel et Ludivine Piccoli, Bernard et Monique Pivot. Tout ce joli monde auquel se joignaient Jean-Claude et Nicole Lattès passait quelques jours, chaque été, dans notre maison du Beaujolais. Elle n'était pas assez grande pour loger tout le monde. Les Lévy et les Lattès partaient coucher dans une autre maison, distante de quelques centaines de mètres, que nous appelions « le ghetto ».

Quand nous ne nagions pas dans la piscine Jean-d'Ormesson, nous allions déguster des bourgognes dans la cave du marquis d'Angerville, à Volnay ; nous poussions jusqu'au stade Geoffroy-Guichard pour assister à un match des Verts ; nous prenions la route de Troisgros à Roanne, d'Alain Chapel à Mionnay, de Georges Blanc à Vonnas, ou de Pierre Gagnaire à Saint-Étienne. La savoureuse cuisine de Monique comblait quelques faims intermittentes.

Le départ du grand prix cycliste de Quincié-en-Beaujolais était donné par François Périer, au pistolet, et l'arrivée jugée par Michel Piccoli, au drapeau. Parfois, le soir, nous dansions. Colette Semprun disait qu'elle n'avait jamais vu Jorge aussi détendu et joyeux.

Après notre entretien en tête à tête et en direct, le 28 septembre 1984, Marguerite Duras avait abandonné son jugement sévère sur la télévision pour en célébrer la capacité à envoyer le lendemain de l'émission des milliers de personnes acheter son roman *L'Amant*. Elle me remercia par écrit et au téléphone, m'invitant à me joindre au cercle de ses amis. J'étais flatté et tenté. Je la rappelai. Elle me rappela. Nous bavardâmes longuement et amicalement. Mais un coup de fil à 2 heures du matin pour me lire un texte qu'elle venait d'achever mit fin à notre début d'idylle. Je regrette parfois de ne pas avoir été plus accommodant.

18

Les amis de Rimbaud… Les amis de Pierre Benoît… La société des amis de Marcel Proust et des amis de Combray… Les amis de Jorge Semprun… Les amis de La Fontaine… Les amis de Colette… Les amis de Jean Giono… Les amis de Marguerite Yourcenar…

Après la mort de l'écrivain, il arrive assez souvent que, sous l'impulsion d'un familier, d'un professeur ou d'une personnalité, lectrice fervente, se crée une société ou une association qui rassemble les amis, connus ou inconnus, de la Gloire disparue. C'est le seul cas où l'amitié exige une inscription, une carte et une contribution. On se réunit au moins une fois l'an autour d'un président et de son bureau pour organiser des colloques, des lectures publiques et, avec les moyens du bord, publier un bulletin où sont rassemblés des inédits, des témoignages et des études.

Exercer une pression sur les éditeurs pour remettre en vente certains titres introuvables est aussi l'une des tâches de la société. Bref, il s'agit de continuer à diffuser l'œuvre et à entretenir la légende de l'écrivain. Rien de plus sérieux, par exemple, que Les Amis d'Alfred Jarry et leur revue *L'Étoile-Absinthe*, ou Les Amis d'Alphonse Allais, avec leur académie qui décerne des Alphonses à des œuvres d'« absurde raisonné ». Chaque société a évidemment son site sur Internet.

Parce que j'aimais bien ce talentueux petit bout de femme landaise, je me suis récemment inscrit chez Les Amis de Christine de Rivoyre.

Si les sociétés d'amis d'écrivains paraissent avoir eu plus de présence dans la vie littéraire du siècle dernier qu'aujourd'hui, c'est parce que la presse spécialisée était présente à leurs réunions et en rendait compte. Je me souviens, par exemple, d'avoir assisté, au début des années 1960, au pèlerinage annuel des amis de Léon Deubel, sur sa tombe, au cimetière de Bagneux. Il y avait une trentaine de personnes, plus très jeunes, qui maintenaient le souvenir de ce poète maudit né en 1879, à Belfort, et mort, à 34 ans, le 12 juin 1913, en se jetant dans la Marne. C'était donc tous les

12 juin que les admirateurs et amis de Léon Deubel se donnaient rendez-vous pour lire quelques-uns de ses poèmes d'une tristesse infinie.

« Seigneur ! Je suis sans pain, sans rêve et sans demeure,

Les hommes m'ont chassé parce que je suis nu. »

Les intellectuels et écrivains aiment bien se rassembler pour former des comités de défense ou signer des pétitions. Ce qu'ils préfèrent par-dessus tout, c'est se coopter pour constituer des académies, la plus ancienne étant celle des Jeux floraux et la plus célèbre l'Académie française.

Parce qu'ils sont au nombre de quarante, les académiciens en habits verts ne peuvent pas tous être des amis. Certains se détestent, c'est fatal. Maurice Druon s'est beaucoup employé à empêcher l'élection de Valéry Giscard d'Estaing. Il a échoué. On imagine leurs relations quai de Conti, sous la fameuse Coupole. L'histoire des inimitiés à l'Académie française depuis sa création, en 1635, formerait un gros volume d'une fort divertissante lecture.

Il y a aussi des amis qui s'efforcent de faire entrer d'autres amis. C'est compliqué parce qu'un autre parti a ses favoris et qu'une coterie de mal lunés rejette les uns et les autres. D'où, au moment du vote, l'abondance des bulletins blancs marqués d'une croix, c'est-à-dire hostiles à tous les candidats. On prête à François Mauriac et à d'autres Immortels ce mot cynique et drôle : « C'est bien assez que je lui ai donné ma parole. Je n'allais pas en plus lui donner ma voix. »

J'aurais pu obtenir et la parole et la voix de mes amis Jean d'Ormesson, Pierre Nora, Erik Orsenna et Jean-Marie Rouart, plus de quelques autres Immortels. Mais la vision de ma tête au-dessus d'un habit vert et sous un bicorne me faisait rigoler. Écouter des éloges académiques, passe encore, mais les écrire, non ! Et l'idée de côtoyer chaque jeudi, comme Giscard, l'arrogante suffisance de Maurice Druon me donnait à l'avance des boutons. Enfin, faire campagne pour que bibi soit élu me paraissait aussi bouffon que ridicule. J'estimais n'être pas le bon client.

L'académie Goncourt fait bien davantage de place à l'amitié que l'Académie française. Parce qu'elle ne compte que dix membres et que les nouveaux sont cooptés sans avoir à présenter leur candidature et à mener une campagne électorale. À renommées égales, un écrivain qui compte des amis dans la place et qui a la réputation de jouir d'un bon caractère a plus de chances d'être élu que le mauvais coucheur professionnel. Mes amis Robert Sabatier et Jorge Semprun n'ont pas peu contribué à mon élection. J'ai été heureux d'accueillir Pierre Assouline avec qui j'ai eu pendant longtemps, à *Lire*, des relations de travail, et depuis ce temps-là des complicités amicales. Hélas ! Je n'ai pas réussi à faire entrer mon ami Jérôme Garcin, son portrait à charge d'une académicienne Goncourt, revancharde à vie, lui ayant coûté l'indispensable unanimité. Nous nous consolons en déjeunant trois ou quatre fois par an chez Gallopin.

L'histoire plus que centenaire de l'académie Goncourt compte des brouilles mémorables, des colères jupitériennes, de fracassantes démissions. Je n'ai rien observé de tel pendant mes quinze années de présence, hormis des relations difficiles entre deux académiciennes et une méchante attaque dans la presse d'un académicien par un autre. Billevesées comparées à la concorde studieuse et amicale qui règne chaque premier mardi du mois dans le salon Goncourt de Drouant.

Lire, discuter de leurs lectures, sélectionner, voter, accueillir les lauréats, les fêter avec le concours de la presse, œuvrer tous ensemble pour la promotion de la littérature contemporaine, dénicher et lancer de nouveaux talents, voilà qui tisse entre les Dix des liens très forts. À quoi il faut ajouter le plaisir de déjeuner à l'une des meilleures tables de Paris, mets et vins concourant à perpétuer la bonne humeur qui était déjà de mise lors du premier repas des Goncourt, en 1903.

19

D'autres amis littéraires se sont fait une place dans mon imagination.

Ayant boxé et terrassé le sale individu qui voulait se venger sur Mme Maigret de sa longue mise à l'ombre par son mari, j'avais mes entrées boulevard Richard-Lenoir, dans l'appartement confortable mais banal et vieillot des Maigret. Jules avait pour moi une reconnaissance affectueuse. Il m'invitait de temps en temps à partager un fricandeau à l'oseille ou une blanquette de veau. Pour moi, à l'insu de Georges Simenon qui en aurait été étonné, il se laissait aller après le repas, en fumant sa pipe, à me raconter quelques-unes de ses enquêtes. Je n'ai jamais dérogé à ma promesse de ne pas divulguer ses confidences. Quand je revenais de vacances, je passais toujours par Saint-Claude pour lui acheter deux ou trois pipes en racine de bruyère. Une seule fois, Simenon lui a dit : «Je ne vous connaissais pas cette pipe…» Maigret a haussé ses épaules massives.

La marquise de Sévigné m'a écrit quelques jolies lettres, de plus en plus courtes, parce que je n'y répondais pas. Par paresse. Par conscience de mon petit talent d'épistolier comparé au sien. J'aime recevoir et lire des lettres, je n'aime pas les écrire. Alors la marquise s'est fatiguée. Elle ne m'a plus envoyé de lettres. J'aurais pu être l'un de ses amis et correspondants. Je ne l'ai pas été. C'est bien dommage. C'est de ma faute.

Pourquoi Paul-Louis Courier, cet homme grincheux, sarcastique, rebelle, m'a-t-il accepté comme ami ? Parce que je prêtais une oreille attentive à ses récits de chef d'escadron au premier régiment d'artillerie à cheval, dans les guerres napoléoniennes ? Parce que je considérais à raison qu'il était le meilleur helléniste de son temps ? Parce que je le félicitais d'avoir déserté pour faire du grec à Florence ? Parce que je jugeais exagéré le scandale de la malheureuse tache d'encre qu'il fit sur un précieux manuscrit ? Parce que j'affirmais que ses pamphlets contre la monarchie, la censure et la bêtise étaient d'un immense écrivain ? Stendhal ne disait-il pas que Paul-Louis Courier est « l'homme le plus intelligent de France » ?

Rien de tout cela dans la décision du propriétaire du domaine de la Chavonnière de me compter parmi ses rares amis. Au cours d'une dégustation à l'aveugle des vins de Touraine, j'ai reconnu le sien en en relevant les saveurs et les qualités. Le « vigneron » – c'est ainsi qu'il signa plusieurs de ses pamphlets, car il avait la fierté de ce métier et du vin – en fut ébloui. Il m'embrassa. Il m'invita ce soir-là à dîner chez lui.

J'ai fait la connaissance de Colette le 28 avril 1912, à Choisy-le-Roi. Nous avons assisté, elle pour *Le Matin*, moi pour *Le Figaro*, à l'arrestation du fameux gangster Jules Bonnot. Assister n'est pas le verbe exact : nous n'avons pas vu grand-chose, la police tenant les journalistes à distance de la maison où l'anarchiste s'était retranché. Comme nous n'avions rien d'autre à faire que de parler – en levant le nez de temps à autre vers le lieu de l'événement –, nous avons eu tout le temps de sympathiser, Colette étant sensible à ce que je lui disais de ses livres, presque tous lus : les *Claudine*, *Sept Dialogues de bêtes*, *L'Ingénue libertine* et, récemment, *La Vagabonde*. Comme pour tous les écrivains, la rencontre d'un lecteur, d'un vrai lecteur, est une heureuse surprise.

Colette et moi sommes devenus amis parce que nous nous sommes de nouveau rencontrés au cours de reportages – sur le tour de France, par exemple. Nous avons déjeuné, dîné ensemble. J'étais ébloui par sa beauté, la finesse et la gaieté de sa conversation. Je suis allé l'applaudir au Ba-ta-clan dans *La Chatte amoureuse*. J'étais sous le charme et dans les mêmes dispositions sentimentales que la chatte. Ce qui devait arriver est arrivé : nous avons passé une nuit ensemble.

Nous l'avons l'un et l'autre regretté, non pas parce que le plaisir n'était pas au rendez-vous, ni parce que nous avions mauvaise conscience d'avoir trompé, elle Henry de Jouvenel, moi, ma femme. Nous avons eu l'impression d'avoir trahi quelque chose de délicat et précieux, l'amitié, pour quelques heures d'une soudaine et banale jouissance, sans lendemain. Nous nous sommes souvent revus, et c'était chaque fois agréable et joyeux, mais avec au fond de nous une navrante petite gêne.

Le destin a continué de nous réunir, Colette ayant été présidente de l'académie Goncourt, de 1949 à 1954, et moi de 2014 à 2019.

Mon ami Cicéron, le plus grand avocat et orateur de l'Antiquité romaine, m'avait pris comme stagiaire dans son cabinet quand j'eus le dessein de monter moi aussi à la tribune. J'y renonçais assez vite, n'étant sûr ni de ma parole ni de mes jambes. Avec le trac elles se dérobaient. J'eus cependant assez de temps pour nouer avec le maître des liens d'admiration, d'allégeance et d'affection. Quand l'un de ses plaidoyers était accessible au public, il ne manquait jamais de m'inviter.

L'un des derniers livres de Cicéron, *Laelius, de amicitia*, publié en français sous le simple titre *L'Amitié*, m'a déçu parce que, réaction d'orgueil et de dépit, je n'y suis pas cité. Il y a Scipion, Atticus, Lélius, Fannius, Scævola, Rutilius, Verginius, encore et toujours Scipion, mais pas moi. Je suis bien d'accord que je ne pouvais figurer dans cette cohorte d'amis au titre de la vertu. Une petite place au nom du simple bonheur de converser librement m'aurait touché.

Et puis, réflexion faite, j'ai pensé que Cicéron ne pouvait pas nommer tous ses amis dans ce petit livre. Ses talents oratoires lui avaient attiré la haine de moult Romains – il a été assassiné à l'âge de 64 ans par les soldats d'Antoine –, mais ses admirateurs et amis étaient encore plus nombreux. Comment faire une place, accorder ne serait-ce qu'une ligne à chacun ? C'eût été transformer ce court traité sur l'amitié en un catalogue d'ayants droit à sa reconnaissance. Absurde !

Il serait aussi absurde pour moi de vouloir nommer et portraiturer tous mes amis dans ce livre qui ne sera guère plus long que celui de Cicéron. J'ai préféré les plus anciens, les morts et les littéraires. Que les amis de l'édition, de la presse, de la télévision, de la radio, de la viticulture, du football, de la musique, de la médecine me pardonnent leur absence ! Leurs noms et numéros de téléphone apparaissent dans le répertoire de mon smartphone, lequel, dans la poche de poitrine, est au-dessus du cœur.

20

Tandis que nous étions confinés pour lutter contre la Covid-19, je n'ai bu qu'une seule fois de l'alcool, du champagne, le soir de mon anniversaire, la famille étant réunie sur Zoom, coupe en main.

Je n'ai jamais pratiqué seul la consommation de vin, moins encore l'ivresse solitaire. Mais, sitôt accompagné, j'aime boire. Deux amis, deux verres, et nous décollons. Boire peu, mais boire bon et varié. En famille, parce que j'ai la chance d'avoir une fille qui s'y connaît et à qui j'ai dédié mon *Dictionnaire amoureux du vin*. Avec des amis, les plus nombreux étant des amateurs instruits des bontés des vignobles.

Plus que tout autre alcool, le vin fabrique, entretient, prolonge et exalte l'amitié. Il colore les joues, il délie les langues, il donne des idées, il rapproche les verres, les mains et les fronts, il fait chanter, raconter des histoires, philosopher, il rend jovial et heureux, il pousse à l'amitié et à l'amour.

Le vin est un enjôleur, un catalyseur, un entremetteur, un conciliateur, un ambassadeur, un instigateur, un bienfaiteur, un serviteur. Il peut être aussi un vandale ou un assassin chez ceux qui ne savent pas l'aimer.

Si je devais choisir l'objet qui, à mes yeux, symbolise le mieux l'amitié, sans hésiter j'élirais une bouteille de vin.

Je conçois volontiers que d'autres préfèrent un ballon, un jeu de cartes, un billard, un fusil de chasse, une canne à pêche, une enseigne de café ou de restaurant, une théière, un demi de bière ou un Coca-Cola, un livre. Je persiste et signe sur l'étiquette d'une bouteille de vin que sa forme évoque spontanément pour moi l'amitié dans le plaisir de trinquer et bavarder.

Deux expressions bachiques m'enchantent : le vin d'honneur et le vin des copains.

Pour célébrer un succès, une médaille, une promotion ou une retraite, on donne un vin d'honneur. Demande-t-on de l'honneur au pastis, à la bière, à la vodka ou à l'eau ? En France, seul le vin est jugé digne d'accompagner une fête de famille et d'amis autour d'une personne méritante. On y boit aussi de l'eau, des jus de fruits, des sodas, mais le vin reste la boisson certifiée pour l'excellence.

Le vin des copains est celui dont on juge qu'il est le plus apte, par ses lieu et année de naissance, par sa couleur et ses arômes, à être associé à la conversation de deux amis ou à un déjeuner de potes. Il est recommandé d'avoir plusieurs vins de copains. Ils seront proposés suivant la saison, les plats servis ou les goûts et l'humeur de chacun.

On aime bien révéler à ses amis le nom d'un cru méconnu, « vous m'en direz des nouvelles », ou d'un petit propriétaire, « les chefs étoilés se disputent sa production ». Partager un secret de cave, c'est une preuve de considération, de confiance, donc d'amitié.

Les vins de soif sont des vins légers, gouleyants, qui humidifient les gosiers des joueurs de pétanque ou de belote.

Partenaires ou adversaires ne partagent pas seulement l'amour des boules et des cartes. Ce sont des amis.

Ne déduisons pas de ce qui précède que seuls les vins modestes sont faits pour l'amitié. Les grands aussi, les classés, les premiers, les rares, les coûteux. Pierre Perret traite à domicile ses copains avec des plats savoureux confectionnés de ses mains. Il les accompagne de montrachet, de pétrus ou de château-latour. Silence et respect quand il les verse et que nous les goûtons. Ensuite, euphorie haut de gamme à la table du chanteur hédoniste et populaire.

Nous ne sommes plus que deux, Philippe Alexandre et moi. Au milieu des années 1960, quand a été créé le club gastronomique très privé, le PCPC, Pour la Croûte Pas Chère, nous étions sept : Robert Sabatier et Jean-Paul Caracalla, écrivains, Sylvain Zegel, Renaud Vincent, Jean Sauvin et Philippe Alexandre, journalistes. Nous nous donnions rendez-vous tous les deux mois environ, dans un bistrot découvert par l'un d'entre nous ou lancé par les gazettes. Nous buvions souvent du morgon ou du saint-joseph. Chacun payait son écot. Nous nous séparions toujours à contrecœur. Au fil de séparations devenues, hélas ! définitives, nous avons bu un peu plus au déjeuner suivant. Qui, de Philippe Alexandre ou moi, ultimes verres et fourchettes du PCPC, refusera de déjeuner seul devant une bouteille de brouilly ou de côte-rôtie ?

Le Club des Cent, fondé en 1912, est le club gastronomique le plus célèbre du monde. Le niveau social reste élevé : PDG, banquiers, médecins, avocats, politiques, hauts fonctionnaires, chefs étoilés, écrivains, acteurs, musiciens, journalistes, etc. En février 2020, l'effectif du Club était le suivant : membres titulaires (je suis l'un d'eux depuis 1985) : 100 ; membres stagiaires : 9 ; membres honoraires : 20 ; membres d'honneur : 19 ; membres étrangers : 7. Il est évident que, comme à l'Académie française, on ne peut pas être proche de tous. Les plus sociables ont une trentaine d'amis ; les moins doués, comme moi, une demi-douzaine. Autrement dit, l'appétit et la soif y sont mieux distribués que l'amitié. Mais il y a de la camaraderie, quand il le faut de l'entraide, mets et vins souvent exceptionnels concourant, le temps d'un déjeuner, à nous sentir unis, aimés et invincibles.

21

Écrivain mondain, puis révolutionnaire et moraliste, Chamfort a écrit : « Dans le monde, disait M…, vous avez trois sortes d'amis : vos amis qui vous aiment, vos amis qui ne se soucient pas de vous, et vos amis qui vous haïssent. » Ce M…, était-ce Mirabeau dont Chamfort était l'ami intime ?

Il y aurait donc les amis sincères, les amis négligents et les amis haineux. Nous avons beaucoup parlé des premiers ; soyons indulgents avec les deuxièmes ; et venons-en aux faux amis dont les sentiments peuvent s'échelonner de la jalousie à la détestation en passant par l'antipathie, l'inimitié et l'hostilité. Ce sont des menteurs, des fourbes, des dissimulateurs. Il faut aussi qu'ils soient de très bons comédiens pour ne jamais se trahir et réussir à habilement maquiller sous des sourires, des paroles et des gestes amicaux la noirceur de leur âme. Au vrai, la duplicité ne dure qu'un temps. Arrive le jour où, n'y tenant plus, ils révèlent leur vraie nature en explosant de haine ou en se coulant comme des serpents dans les failles de leurs naïfs amis.

Il existe une vision pessimiste de l'amitié comme il y a une vision noire de l'amour. Seraient-ils sincères, les sentiments sont de toute façon provisoires. Ils disparaîtront sous les chamailleries, puis les querelles, enfin la discorde. L'amitié est fragile et ne résiste pas, elle non plus, aux entorses qui se transforment en fractures. Les couples d'amis ne sont pas liés par des enfants, des engagements publics, des contrats, des lieux de vie communs. Ils sont libres de rompre sur-le-champ, sans dommages autres qu'affectifs.

Dans un club d'amis ou chez les amis des amis, on essaie de réconcilier les fâchés, les divorcés de l'amitié. Ils n'ont aucune chance d'y parvenir si les deux partis éprouvent un soulagement après une rupture qui n'avait que trop attendu.

On connaît cependant des duos d'amis qui, comme certains couples, traînent leur ennui, se supportent chaque jour un peu moins, mais, par paresse ou lassitude, continuent d'invincibles relations délétères. Yvan Audouard n'y va pas par quatre chemins : « Un ami de trente ans, c'est souvent quelqu'un dont on n'est jamais arrivé à se débarrasser.»

L'amitié est moquée quand elle est déséquilibrée, unissant un exploiteur et un gogo, un cynique et un crédule, une manipulatrice et une oiselle.

On espère d'une nouvelle amitié quelques bénéfices avant de juteuses retombées. On donne peu en espérant beaucoup recevoir. Montesquieu n'était pas dupe : «L'amitié est un contrat par lequel nous nous engageons à rendre de petits services afin qu'on nous en rende de grands.»

L'amitié ou son apparence peut être un simple placement à court terme, une stratégie rusée pour bénéficier d'une faveur. Celle-ci sitôt obtenue, on remercie (facultatif), et salut la compagnie !

Il est assez confortable d'avoir un ou plusieurs amis qui ne sont pas des exemples de civisme ou de probité. Ainsi se sent-on moralement supérieur. Au contraire, des amis dont la réputation vertueuse est depuis longtemps établie nous donnent mauvaise conscience et gâchent un peu l'affection que nous leur portons. Jules Renard : «On n'aime pas les défauts de ses amis, mais on y tient.» Et leurs qualités auxquelles nous tenons le plus sont celles auxquelles nous pourrions avoir recours en cas de besoin.

On moque encore l'amitié quand elle est affichée par vanité ou intérêt. On en vient, au cours d'une conversation, à évoquer par des éloges le couple T. et l'un des interlocuteurs ne peut s'empêcher de s'écrier : « Ce sont des amis ! » Parfois, c'est elle et lui, en même temps, qui s'exclament : « Ce sont nos amis ! » Il va de soi que, si ce qui est rapporté sur les T. est funeste, on n'excipera pas de leur amitié. À moins qu'on ait le courage de les défendre, ce qui redonne à l'amitié ses lettres de noblesse.

Sacha Guitry : «Vos amis qui vous prédisent des malheurs en arrivent bien vite à vous les souhaiter – et ils les provoqueraient au besoin pour conserver votre confiance.»

22

Il téléphone toujours au mauvais moment. Quand il passe à l'improviste, il dérange et il ne s'en aperçoit pas. On se demande, sitôt reparti, pourquoi il est venu. Il a le chic de poser la question qui met mal à l'aise et que chacun, depuis le début de la conversation, redoutait. C'est d'ailleurs un spécialiste des questions apparemment de bon aloi et qui se révèlent piégeuses ou embarrassantes. S'il prend des nouvelles de votre santé, il en profite pour détailler les atteintes à la sienne. Ne pas noter le nom du cardiologue, de l'ophtalmo ou du podologue qu'il vous recommande, parce que ce sont les siens et qu'ils sont les meilleurs, le blesse et il ne le cache pas. Il est toujours un peu trop empressé, un peu trop affectueux, un peu trop susceptible. C'est l'ami chiant.

On lui envoie des textos auxquels il ne donne pas suite. Sur son répondeur, sa voix est accueillante, et même joviale. Mais pas de retour. On serait inquiet si c'était la première fois qu'il disparaissait des radars de ses amis. Il habite à six cents kilomètres et il est difficile de faire un détour pour prendre de ses nouvelles. Non, il ne répond toujours pas. Alors on ne l'appelle plus. Quand il voudra bien se manifester... On est curieux de connaître l'explication de son nouveau silence. Il y eut un voyage, une histoire d'amour, un désir de retraite... On commençait à l'oublier quand, un jour, il sonne à la porte. Toi ? Pas possible. Tu es de passage ? Quel bon vent t'amène ? C'est l'ami intermittent.

Comme il a la chance de pouvoir enrichir sa cave de jolies bouteilles et qu'il est généreux, il fait chauffer le tire-bouchon pour ses amis. Les occasions pour lesquelles il demande que nous levions notre verre ne manquent pas : l'amitié, le PSG, sa femme, les vacances, Aubert de Villaine (patron de la Romanée-Conti), nos fils et nos filles, l'amour, l'année prochaine... Quoiqu'il ne soit jamais monté sur un cheval, il est un adepte du « coup de l'étrier ». Il ne se contente pas de boire, il mange. Toujours de bon appétit. Toujours prêt à partir pour des excursions gastronomiques. Il est à l'affût de nouveaux restaurants. Il suit le mercato des chefs. Souvent, il nous appelle pour tester une table dont on lui a dit grand bien. Un refus l'accable de tristesse. Il rappelle pour nous proposer une autre date. Impossible cette fois de refuser. C'est l'ami bambocheur.

Ses amis lui disent : « Arrête de voir tout en noir. Sois positif. Regarde du côté où ça bouge en bien, là où il y a de la lumière, où on entend des rires. Et laisse tomber cette fichue mélancolie où tu te complais avec, reconnais-le, une certaine délectation. » Il proteste de sa sincérité, de sa malchance. Il est vrai que les coups durs l'ont pris pour cible. Mais il fait de ses malheurs des récits émouvants, renouvelés et chaque fois augmentés. Il donne même le sentiment de tirer une certaine fierté de la guigne qui l'accable. On n'ose plus lui demander « comment ça va ? ». Ça va mal et il tient à le faire savoir. C'est l'ami déprimé.

« Je ne voudrais pas être indiscret, mais à qui parliez-vous au téléphone pendant si longtemps que, au bout d'une heure, j'ai failli renoncer à vous appeler ? » De ses amis, de leur existence, de leurs faits et gestes, il veut savoir le qui, le quoi, le quand, le où, le pourquoi. Son amitié n'est pas d'approche. Gouvernée par une sympathique curiosité, elle est carrément intrusive. Il en a conscience, c'est pourquoi, malin, il commence souvent ses questions par « vous allez me dire que je me mêle de ce qui ne me regarde pas, mais j'aimerais bien connaître... ». Comme il perçoit, en effet, une réticence à lui répondre, il ajoute : « Vous savez que je suis une tombe ! » C'est l'ami indiscret.

Comment s'y prend-il pour se faire inviter aux avant-premières des films et aux générales des pièces de théâtre ? Toujours est-il que, dès le lendemain, il nous en fait la critique au téléphone. Ainsi confirme-t-il qu'il a toujours une longueur d'avance sur ses amis. C'est lui qui nous informe de l'ouverture d'une pâtisserie aux macarons « bien meilleurs que ceux d'Hermé ou de Ladurée » et, sur Internet, d'un site de fringues italiennes « à tomber ». Il sait tout avant tout le monde, il connaît la tendance, il met en garde et conseille. Il est énervant et utile. C'est l'ami snob.

On en a pourtant fait des tonnes ! Textos, appels téléphoniques, éloges auprès des connaissances communes, avec l'espoir qu'ils seront rapportés, rencontres apparemment impromptues, citations, invitations, propositions. Rien, ou si peu, quelques formules de politesse ou mots de courtoisie. Pas d'élans en retour, pas de vibrations. Plutôt sur ses gardes. Une indifférence réglée et, à l'évidence, décidée. Alors, à quoi bon ? C'est l'ami qui ne sera jamais un ami.

Anne Sinclair : « J'avais pour Christine Ockrent des élans d'amitié et d'admiration, mais elle n'a pas répondu à cette sympathie sincère, qui a fini par s'éteindre, faute d'écho » (*Passé composé*).

23

On peut ne pas avoir d'amis et cependant honorer l'amitié. Par des gestes généreux. Les bénéficiaires en sont des collègues de travail, de sport, des familiers des cafés et autres lieux publics de rencontres, des amis des enfants, des voisins, des correspondants sur les réseaux sociaux, des inconnus.

Le geste amical est souvent spontané. On aide un aveugle à traverser ou une mère à porter la poussette avec son enfant dans les escaliers du métro. On prend des nouvelles du père de la serveuse dont on sait qu'il a été hospitalisé. Pour lui éviter de sortir, car il pleut, on apporte à la vieille dame d'à côté une baguette de pain. On ajoute son nom à une pétition jugée utile, les personnalités à l'origine du mouvement inspirant confiance. Une pulsion d'entraide est toujours à l'origine d'un geste amical spontané.

Glisser une pièce dans le gobelet d'un SDF ou

envoyer de l'argent à une œuvre caritative, est-ce un geste amical ? Oui, bien sûr, mais je préfère dans ce cas employer le terme de générosité. Le plus souvent, un geste amical ne coûte rien, en dehors des dépenses d'attention, de temps, d'empathie et d'énergie, ce qui représente un bref mais joli investissement.

Il y a aussi les gestes amicaux concertés, programmés. Ils sont d'une tout autre dimension que les spontanés. Par exemple, servir leurs repas aux bénéficiaires des Restos du cœur. Être scrutateur un jour d'élections. Emmener en voiture, à l'école, avec les siens, l'enfant de la mère célibataire d'en face. On peut qualifier le premier geste de charitable, le deuxième de civique, le troisième de secourable. Pourquoi pas amical ? Oui amical vis-à-vis, dans l'ordre, de Coluche et des pauvres gens, de la République, de la voisine.

Si les femmes amies se sont toujours embrassées, les hommes se contentaient naguère d'une poignée de main. Aujourd'hui, ils s'étreignent en se donnant des tapes affectueuses dans le dos. Ou bien ils s'embrassent. Mais ces contacts des corps, c'était avant la pandémie de la Covid-19. Quand elle sera finie, reviendra-t-on avec la même spontanéité aux effusions d'avant ?

J'aime bien dans les conversations entre amis la petite tape spontanée sur l'avant-bras ou sur l'épaule pour exprimer son approbation, son réconfort ou son encouragement. Dans l'euphorie, le geste amical est plus spectaculaire : poing contre poing ou, doigts allongés, main contre main. Il arrive aussi que, tandis qu'ils marchent, il prenne son ami par les épaules, ou qu'il donne le bras à son amie. C'est le maximum de ce que s'autorisent les corps dans l'amitié.

On ne lésine pas sur l'amitié à la fin des lettres, des courriels et des textos. Amicalement, amitiés, bien amicalement, toutes mes amitiés, en fidèle amitié, amicalement vôtre, votre ami, ton ami, etc. Ce sont des formules de politesse qui ne coûtent rien et qui cherchent autant à valoriser celui qui écrit qu'à complaire au destinataire du message. Encore que le supérieur qui accorde par écrit son amitié à un subordonné fasse un geste important.

Il n'est pas vrai que l'amitié soit aussi abondante. On est dans l'excès des sentiments. On fait grimper la sympathie ou la cordialité à l'échelon supérieur. Le cœur est si vaste qu'il rafle des personnes avec lesquelles nous avons des relations seulement courtoises, agréables, épisodiques. L'amitié est bradée par facilité. Si, avant de conclure un courrier et de le signer, nous réfléchissions à ce que représente vraiment l'amitié, nous y aurions moins souvent recours.

24

Qu'est-ce qui unit hommes, femmes et enfants avec leurs chiens et leurs chats ? Est-ce de l'amour ou de l'amitié ? Le sentiment est-il le même avec une tortue, un poisson rouge ou une perruche ? Ce qu'éprouve un enfant en jouant avec un chaton, est-ce de même nature que ce que ressent une vieille dame qui fait cuire une tranche de cabillaud pour son vieux matou ?

Entre le cavalier et son cheval, aucun doute, c'est de l'amour. Leurs corps s'ajustent l'un à l'autre. Ils reconnaissent leurs odeurs et leurs pas. Ils se parlent. Ils forment un couple, même si le cheval garde son indépendance et son mystère. « Les chevaux incarnent un impossible amour, écrit Jérôme Garcin. Sans doute est-ce la raison pour laquelle on les aime si fort. »

Mais on n'avance pas à califourchon sur un chien ou sur un chat. Nous n'avons de contact physique avec eux qu'avec la main. Nous les caressons, les époussetons, les lavons, les soignons, les bichonnons. Certains leur offrent des toilettes dans des instituts spécialisés. Les chats sont parfois admis dans les lits à passer la nuit, les petits chiens également. Au premier bobo, on court chez le vétérinaire. Chiens et chats, des animaux domestiques ? Ce sont leurs maîtres et maîtresses qui se tiennent souvent à leur service.

L'amitié n'est pas un sentiment assez fort pour expliquer un attachement aussi constant, un dévouement aussi tyrannique.

C'est de l'amour. Sinon, comment comprendre les drames de famille à la mort du chat bien-aimé ou du chien dont la vie, la présence, la place étaient celles d'un membre à part entière ?

La douleur de perdre un animal de compagnie n'est pas de même nature que celle de perdre un proche ou un ami, mais ce peut être une douleur aussi violente parce que c'est la disparition à tout jamais d'un être chéri qui comptait d'autant plus pour nous que nous étions beaucoup pour lui. N'ayant plus le poil à caresser, la main éprouve une souffrance physique qui s'ajoute à la détresse du cœur. Oui, c'était vraiment de l'amour.

Alors que viennent faire les animaux dans ce livre sur l'amitié ?

Les chiens et les chats de nos amis sont nos amis. Quand ceux-ci viennent chez nous ou que nous allons chez eux, les animaux sont le plus souvent à l'accueil, surtout les chiens qui jappent avant de reconnaître l'arrivant et qui se prêtent ensuite à ses caresses. Il peut y avoir des incompatibilités, mais, le plus souvent, le chien ou le chat sait que le couple visiteur est apprécié de ses maîtres et que ne pas lui accorder des marques d'intérêt, sinon d'affection constituerait une faute grave.

Les enfants des amis sont invités à venir voir le chaton ou le chiot qui a élu domicile dans une maison ou un appartement où leurs parents se rendent souvent. À la mort de la chatte hors d'âge ou du chien arthrosé, leurs maîtres recevront des messages de compassion de leurs amis.

Ce sont deux grands cerfs aux bois magnifiques. Ils sont amis depuis longtemps. Ils broutent ensemble, dévalent des montagnes de concert et ne dorment jamais loin de l'autre. Quand ils entendent les aboiements de la meute, ils savent où se réfugier, dans les immenses marais où, planqués dans l'eau, au milieu des joncs et des plantes aquatiques, ils échappent au flair des chiens et au regard des hommes. Le garde-chasse dit qu'il n'a jamais vu deux cerfs liés par autant de solidarité et il n'hésite pas à employer le mot d'affection. Ils manifestent un réel plaisir à vivre ensemble.

Mais voici qu'arrive septembre, l'époque du rut, et que, dans l'amour, c'est chacun pour soi. Tous deux montent sur le plateau où les biches les attendent. Ils se lancent dans un concert de brames où chacun clame à la forêt et aux femelles sa force, son impatience et sa volupté. Ils se surveillent, ils s'envoient des signes de défi, ils se jaugent. Le choc des testostérones est inévitable. Front contre front, bois contre bois, la bataille est longue et terrible. Indifférentes, les biches continuent de brouter. Enfin, une plaie au poitrail, l'un des deux cède et s'enfuit dans la forêt, laissant la victoire à son rival. Celui-ci a un mois de bonheur devant lui.

Vers la mi-octobre, toutes les biches satisfaites, le cerf les abandonne et rejoint le cœur de la forêt où, sans jalousie, sans ressentiment, l'autre cerf l'attend. Vainqueur et vaincu redeviennent aussitôt les meilleurs amis du monde. Une belle année s'ouvre devant eux. Jusqu'en septembre...

Le document animalier ne disait pas s'il y avait alternance des victoires et des défaites.

25

Au bout du compte, qu'est-ce qu'une amitié vraie, totale ? À quoi reconnaît-on les amis véritables ? Comment les distinguer des amis ordinaires ? Le rapprochement avec l'amour paraît tentant. On oppose le grand amour, durable, exigeant, sublime, aux amours de circonstance, de plaisir, de jeunesse ou d'intérêt. Il en va de même avec l'amitié, sa force et sa longueur de temps n'étant pas comparables avec la saisonnalité d'attaches contingentes.

Cicéron : «Je ne parle pas de l'amitié ordinaire, commune, qui a pourtant ses agréments et ses avantages, je parle de l'amitié véritable, totale, qu'un nombre infime de gens a vécue. Elle rend le bonheur plus éclatant et plus léger le malheur parce qu'elle permet d'en partager le poids.»

Une multitude d'amitiés ordinaires se succèdent dans nos vies, se croisent, parfois s'opposent, et

Cicéron a raison d'en rappeler l'utilité comme les plaisirs. Mais on ne saurait les confondre avec une amitié dont la jauge biographique est considérable, bien supérieure à celle d'un mariage qui se traîne ou d'une liaison passée par profits et pertes.

Le vrai grand ami a plus de présence dans nos vies que bien des membres de la famille. C'est un réflexe naturel que l'associer à nos bonnes et mauvaises nouvelles, comme il nous paraît aller de soi qu'il nous appelle pour nous informer de ses bonheurs ou de ses malheurs. Entre nous, la liaison est permanente. Nous pouvons lui livrer des secrets parce que notre confiance dans sa compréhension ou son indulgence, et surtout sa discrétion, est totale. De même lui avons-nous assez souvent donné des preuves de notre écoute et de notre connivence pour qu'il n'hésite pas à s'abandonner devant nous à un cri, à un aveu, voire à une confession.

Le partage – mot employé par Cicéron – est essentiel. Le partage des déceptions comme des heureuses surprises, des chagrins comme des joies. L'amitié est une mise en commun des pertes et des plus-values de l'existence. Les parts ne sont pas égales, mais l'essentiel est que l'ami y ait apporté sa contribution.

Combien de mères célibataires auraient une existence encore plus difficile si elles n'avaient pas une ou deux amies intimes auxquelles confier leurs soucis et, parfois, leurs enfants ? Combien de vieux hommes seuls ne doivent leur plaisir à continuer de vivre qu'à leur vieil et incomparable ami des bons et des mauvais jours ?

La vraie et grande amitié se moque des âges, des situations sociales, des familles, des professions, de l'actualité, des modes. Elle répond à un besoin existentiel ; elle se manifeste sous forme d'élans du cœur et de l'esprit ; lorsqu'elle est en veilleuse, c'est une souffrance ; et quand, avec l'âge, nous nous retournons, nous constatons que ce fut l'un des chemins essentiels de notre vie et l'un des plus agréables.

Chez les jeunes gens, les amitiés sont nombreuses et joyeuses. C'est un ballet incessant d'allées et venues ; un rallye de rendez-vous au café ou en boîte. Les flirts sont de l'amitié privatisée. On redevient amis après avoir couché ensemble. Les groupes se font et se défont au gré des études et des rencontres. Le mariage de deux d'entre eux tourne à la fête des copains. C'est la dernière fois où ils sont aussi nombreux et joyeux.

Les vies professionnelles et familiales font éclater les groupes d'amis, seuls quelques-uns continuent à se voir. On change d'entreprise, de statut ou de métier, on déménage, on décompose et recompose la famille, on vieillit, et, seul de toute la bande du lycée, de la fac ou de l'école technique, un copain a suivi le mouvement. Nous tenons tellement à lui ! Il tient visiblement à nous. Entre nous, rien n'est dit, mais tout est à la fois si dense et si léger, si sérieux et si amusant, que la perte de l'un serait pour l'autre un drame. C'est lui notre vrai grand ami. Nous sommes son vrai grand ami. Nous le serons jusqu'au bout.

Est-ce exceptionnel ? Oui, répond La Rochefoucauld : « Quelque rare que soit le véritable amour, il l'est encore moins que la véritable amitié. »

26

Le 31 décembre, il a rechuté. Il a de nouveau été hospitalisé à Saint-Louis. Mais aucune chambre n'était libre. C'est donc dans un box que nous sommes passés d'une année à l'autre. J'avais apporté une nourriture de fête qu'il aimait : du caviar et une bouteille du vin blanc qu'il plaçait au-dessus de tous les autres : un bâtard-montrachet. Mais il n'a fait que tremper ses lèvres dans le vin de Bourgogne et il n'a mangé que quelques grains. Perdre la gourmandise est plus grave que perdre l'appétit. C'était la première fois que je voyais cet hédoniste renoncer à un plaisir de bouche. De cette nuit tronquée et faussement enjouée, je suis revenu très inquiet. Mon vrai grand ami Jean-Claude Lattès est mort quatre semaines après. Il avait six ans de moins que moi.

Je l'ai connu dans le Paris de la presse et de l'édition des années 1960. Séduisant, cultivé, ambitieux, il était de ces jeunes hommes dont la première profession a été d'aimer la vie qui les a généreusement dotés. Un peu journaliste, puis attaché de presse chez Robert Laffont, c'est dans sa propre maison d'édition que, sous forme de livres, souvent à succès, il a tiré le meilleur de son imagination, de sa réactivité à l'actualité, de ses amitiés de presse et littéraires, de sa passion pour les cultures anciennes.

Il a ensuite réussi un fameux coup de billard à deux bandes : vendre très cher les Éditions Jean-Claude Lattès à Hachette tout en devenant le directeur du département du Livre. Un succès aussi éclatant lui a valu quelques figures hostiles. Il ne lui déplaisait pas de les affronter. Un jour, je lui ai demandé : «Tu aimes ça, la bagarre des hommes, des chiffres, des idées, des projets ?» Il m'avait répondu : «Oui, c'est excitant, c'est passionnant, à condition d'avoir la confiance de ses patrons.» Dix ans après, ne l'ayant plus, il est parti.

Il a quitté l'édition et la vie parisienne pour sa belle maison de Mirabeau, dans le Vaucluse, achetée avec Nicole, son épouse, elle aussi éditrice. Elle a continué d'exercer une profession pour laquelle elle était aussi très douée.

C'est durant son exil doré que Jean-Claude et moi sommes devenus les meilleurs amis du monde. Je passais chez lui deux semaines l'été et les derniers jours de chaque année. Quand il revenait dans la capitale, nous dînions ensemble. Il y a des amitiés de plus grande fréquence ; il en est peu de plus heureuses. Nos couples se fréquentaient du temps où il éditait et je télévisais – je veillais à ce que sa maison ne fût ni avantagée ni défavorisée par nos relations –, mais c'est quand il est devenu un retraité précoce ou un oisif hospitalier que nous nous sommes pleinement rejoints.

Je continuais à Paris de gagner ma vie en produisant de la culture tandis qu'il dépensait son argent en la consommant. Alors, on en avait des choses à se raconter !

Il voyageait beaucoup, pour la géographie bien sûr, pour les monuments – il détient probablement chez les Juifs le record des visites d'églises –, mais aussi pour des expositions, des concerts, des opéras. Avec la littérature, la musique était l'autre passion de sa vie. Quand nous allions au festival de piano de La Roque d'Anthéron, notre différend portait sur l'itinéraire : passer par Cadenet ou par Peyrolles ?

De leurs séjours en Inde et à Florence, Éric Deschodt, son ami et voisin du Luberon, et Jean-Claude ramenèrent deux romans historiques, *Le Seul Amant* et *Marguerite et les enragés*. Il signa seul une biographie d'Agrippa *Le Dernier Roi des Juifs*. En dépit de mes encouragements, il ne réussit pas à écrire le livre, son livre, un essai sur le philosophe Philon d'Alexandrie pour lequel il amassa pendant dix ans une documentation énorme, n'hésitant pas à prendre l'avion pour Jérusalem, Alexandrie ou Athènes chaque fois qu'on lui signalait la présence, dans la bibliothèque de la ville ou d'une université, d'un document resté ignoré.

Nous étions complémentaires. L'ancien dirlo de Hachette aimait prévoir, bâtir des plans, décider, organiser, fixer, finaliser, alors que, plus par goût et paresse que par humilité, je préférais lui faire confiance et suivre le mouvement. Il s'en remettait à moi, un peu pour les livres, beaucoup pour les vins. Quand j'arrivais chez lui, le coffre de ma voiture était rempli de crus du Beaujolais – vin de son ordinaire, alors qu'il produisait lui-même des côtes du Luberon – et de magnifiques bouteilles de Bourgogne qui accompagneraient, entre autres, les truffes de son domaine et des environs. Oui, pendant plus de vingt-cinq ans, j'ai plus été le sommelier de Jean-Claude que son conseiller littéraire. Et le plus fervent laudateur des simples chefs-d'œuvre de Nadine, sa cuisinière : la tarte à la tomate, les beignets de fleurs de courgettes et le papeton (flan d'aubergines accompagné d'une sauce tomate).

Nous avions souvent le rire sur les lèvres. Il excellait dans les mots croisés et les jeux de mots. Nous parlions de tout et de rien. Est-ce vraiment sérieux d'échanger sur Alexandre Dumas, la cuisine de Pierre Gagnaire, le dernier match des Verts contre Nice, la musique de Schubert, le confort de l'Airbus A 380, le dernier livre de John Le Carré, les musées de Chicago, sa dernière tentative d'arrêter de fumer, les relations de Philon d'Alexandrie et de Caligula, le festival d'Aix-en-Provence, la mélancolie des soirées d'hiver dans le Luberon, la voix de Kiri Te Kanawa, la lecture du *Monde*, les voitures hybrides, son dernier séjour au Guatemala, la blancheur magnifique de ses cheveux et la couleur grisâtre des miens, les femmes de nos vies ?

La seule explication de notre amitié est celle-ci : nous ressentions l'un et l'autre le plaisir d'être ensemble et ce plaisir est resté vif toute notre vie. C'est tout. C'est banal. C'est décevant. Mais le célèbre « parce que c'était lui, parce que c'était moi » de Montaigne est-il plus original et plus éclairant ? L'amitié pousse l'amitié à ne pas obliger ses bénéficiaires à se torturer l'esprit pour lui trouver des raisons. Elle est bien vivante, et basta ! comment vas-tu, mon ami ?

Dans le cimetière de Mirabeau, tant la douleur me paralysait la tête et la voix, je n'aurais pas pu prononcer un mot devant le cercueil de mon ami. Mais, quelques jours plus tard, au cours de l'hommage qui lui a été rendu à la synagogue de la rue Copernic, je suis monté à la tribune pour dire à sa famille et à ses autres et nombreux amis combien j'avais été heureux d'être si proche de lui et combien son départ me rendait triste.

J'ai commencé ainsi mon salut à Jean-Claude.

« Dans l'amitié, il n'y a pas de promesses.

Dans l'amitié, il n'y a pas d'engagement.

Dans l'amitié, il n'y a pas de serments.

L'amitié est un sentiment muet, même s'il unit deux bavards. »

Ce livre est le prolongement de mon éloge de l'amitié prononcé rue Copernic.

www.allary-editions.fr

Création graphique de couverture : Raphaëlle Faguer
Crédit photographique : Patrick Othoniel/JDD

Ouvrage composé en Plantin
par Dominique Guillaumin, Paris

Cet ouvrage a été imprimé sur du papier issu
de forêts gérées de manière responsable.

MIXTE
Papier issu de
sources responsables
FSC® C003309

ISBN : 978-2-37073-400-6

Achevé d'imprimer par
CPI Bussière
à Saint-Amand-Montrond en
janvier 2022

--

N° d'impression : 2062017
Dépôt légal : février 2022.